GOD'S BLESSING ON THIS WONDERFUL WORLD!
요리
YORIMICHI!
미치
이
세계에 축복을!
2회!

다크니스
"이 사람들을
따라다녀도 정말
괜찮은 걸까……."
메구밍

UWAAAA
아쿠아
카즈마
친애하는 홍마의 마을 여러분께

"너, 나한테 뭘
시키려는 거야?!"
"저기, 카즈마 씨. 큰맘 먹고
『에이티엠』에 스틸을……."

"여, 여여……. 여기는 대체 뭔가요……!"
"이 세계가 카즈마의 출신지라는 게 정말이냐?!"
그래, 이세계에 가자!

메구밍
융융
"가능하다면
나도 메구밍처럼
날씬한 몸매를
유지하고 싶어."
"이 감색이 저희를
물에 동화시켜주고
이 특이한 소재가
물의 저항을 줄여주죠.
융융은 살을 좀 빼는 편이
좋을 거예요."
융융

"저기, 카즈마 씨, 그렇게 뚫어지게 쳐다보면 곤란한데요……."
위즈
레드스트림 익스플로전!

이 멋진 세계에 축복을! 요리미치 2회

YORIMICHI!

CONTENTS

GOD'S BLESSING ON THIS WONDERFUL WORLD! YO RI MI CHI! 2

이 멋진 세계에 축복을!

요리미치 YORIMICHI!

2회!

아카츠키 나츠메 지음
미시마 쿠로네 일러스트
이승원 옮김

Character
아쿠아
직업 아크 프리스트
그 누구도 제어할 수 없는 물의 여신. 특기는 연회용 장기자랑.
카즈마
직업 모험가
백수 기질이 있는 주인공. 행운 수치 하나만 비정상으로 높다.
다크니스
직업 크루세이더
방어 전문 마조히스트 여기사. 실은 귀족 가문 아가씨.
메구밍
직업 아크 위저드
홍마족 제일의 천재. 폭렬마법 이외에는 전혀 흥미가 없다.
춈스케
크리스
은발도적단 두목. 다크니스의 절친.
융융
자칭 메구밍의 라이벌.
위즈
액셀 마을에서 매직아이템 가게를 운영하고 있는 점주. 평화주의자지만 리치.

친애하는 홍마의 마을 여러분께

1

정말 어쩌면 좋을까.

내가 이 파티에 가입하고 며칠이 흘렀다.

다른 모험가 파티에서 꺼리던 나를 받아준 것은 고맙게 생각한다.

그렇기는 하지만—.

"어이, 메구밍. 이번 일은 어부를 돕는 거야. 네 마법의 충격파로 생선을 기절시킨 후에 잡자고."

"또 그런 일인가요?! 제 마법을 대체 뭐라고 생각하는 거죠?!"

"하지만 너는 폭렬마법을 토목공사에 쓰는 건 개의치 않았잖아."

"으으……. 그, 그건, 뭔가를 파괴하는 게 목적이니까……."

홍마족 제일의 천재라 불린 나에게 이런 바보 같은 지시를 내린 이 남자의 이름은 사토 카즈마.

이 사람은 내 마법의 위력을 두려워하지 않을 뿐만 아니라, 적절히 잘 이용하고 있지만…….

"아무 이유 없이 마법을 헛되이 쓰는 것보다는 낫잖아. 어차피 오늘도『1일 1폭렬』이란 정신 나간 일과를 할 거지? 평소 남에게 폐만 끼치는 네 마법이 어부 아저씨를 기쁘게 해주는 거라고. 생각해볼 필요도 없지 않아?"

"정신 나간 일과라고 말하지 말아 줄래요?! 제 마법을 생선잡이에 이용하다니……! 잘 들어요. 이래 봬도 저는 홍마족 제일의 천재라고 불린……."

"그래, 그래. 자, 빨리 가자. 이미 선수금을 받아서 써버렸거든. 이제 와서 거절할 수는 없다고."

"하다못해 사람 말 좀 끝까지 들어주세요! 제가 이렇게 무시당하는 건 처음이라고요!"

이 남자와 함께 행동하기 시작한지 벌써 일주일이 넘었지만…….

나에게 이렇게 뻔뻔한 소리를 늘어놓을 뿐만 아니라, 홍마족을 이렇게 함부로 부려 먹는 사람은 처음 봤다.

"앗! 왔구나, 메구밍. 왜 이렇게 늦은 거야?! 아무튼 저기 좀 봐, 생선이 잔뜩 있어! 자, 한 방 날려줘! 평소처럼 화끈하게 날려버리는 거야!"

카즈마의 뒤를 따라 호수에 가보니 아쿠아가 먼저 와 있었다. 이 아쿠아란 사람도 괴짜다.

마을 제일이라던 나를 능가하는 절대적인 마력을 지녔고 아크 프리스트라는 희귀한 직업을 지녔으며 연상이란 느낌이 전혀 들지 않는 언니다.

그리고 아쿠아와 함께 이 자리에 있는 무거운 갑옷 차림의 금발 언니, 다크니스가—.

"이게 생선잡이인가……. 생선을 이렇게 잡는 줄은 몰랐다."

이런 얼빠진 소리를 늘어놨다.

이 사람은 가장 정상인에 가까워 보이지만 때때로 세상 물정 모르는 발언을 늘어놨다.

하지만—.

"저의 궁극 오의, 폭렬마법으로 생선잡이……. 고향 사람들에게는 절대 이야기 못 하겠네요……."

"푸념 좀 그만 늘어놓고 빨리 잡아. 이번 의뢰의 선수금을 이미 써버렸다고 말했지? 네가 마을 인근에 마법을 날려서 만든 구덩이의 복구 비용으로 쓰였다고. 고집 좀 그만 부리고 빨리 쓰란 말이야, 이 결함 마도사야."

"겨, 결함 마도사!"

이 남자, 뚫린 입이라고 말을 너무 함부로 하는 거 아냐?!

좋아요. 전력을 다한 폭렬마법의 위력을 두 눈에 똑똑히 새기라고요!

내가 주문 영창을 시작하자 카즈마는 퍼뜩 생각난 것처럼 입을 열었다.

"아, 맞다. 지팡이는 쓰지 마. 위력을 약하게 조절해서……."

하지만 그가 말을 끝까지 잇기도 전에, 내 마법은 완성됐다.

"『익스플로전』—!!"

"인마! 호수에다 직접, 그것도 전력을 다해서 날리면 어떻게 해!! 충격파로 생선을 기절시켜 잡을 거라고 말했잖아! 누가 생선을 작살 내라고 했냐?!"

—마력이 바닥난 나는 카즈마에게 업혀서 마을로 돌아왔다.

이제까지 나와 파티를 짰던 모험가들은 이 작업을 질색했지만 카즈마는 불평 한마디 늘어놓지 않고 나를 업어줬다.

마법을 쓰고 나면 꼼짝도 못 하게 되는 나로서는, 이것이 이 파티에 들어오기 잘했다고 생각하는 유일한 이유다.

이 남자도 입은 험하지만 그렇게 나쁜…….

"어이. 업어주는 나한테 조금이라도 미안한 감정이 있다면, 몸을 더 밀착시켜봐. 부질없는 소리라는 건 알지만, 최대한 가슴을 어필해보란 말이야……."

아까 한 말은 취소하겠다.

나는 대체 왜 이런 파티에 들어간 것일까. 정신 줄이라도 놨던 걸까.

아니, 이렇게 절제를 모르는 사람도 드물 것이다.

다른 나라에서 왔다고 하던데 그 나라의 문화인 걸까.

아니면 외동아들이라 응석을 실컷 부리며 자란 걸까.

"뭐, 일단 계약한 숫자의 생선은 잡았으니까 의뢰는 무사히 완료했다고 봐도 되겠지."

긴 머리카락이 축축하게 젖은 다크니스가 생선이 든 광주리를 맨 채 그렇게 말했다.

그리고 가장 뒤편에는―.

"흑……, 흑……. 비린내……, 비린내 나……."

홀로 생선 비린내를 뿜고 있는 아쿠아가 엉엉 울고 있었다.

폭렬마법에 의해 호수에 해일이 발생했는데, 「나는 물에 강하니 괜찮아!」 같은 소리를 의기양양한 표정으로 늘어놓으며 물가에 남아있던 아쿠아는, 폭렬마법에 갈가리 찢겨나간 생선의 체액이 뒤섞인 파도를 뒤집어쓰고 말았다.

정말 운이 나쁜 사람이다.

실력은 확실하고 스테이터스도 뛰어난 데다 입만 다물고 있으면 미인인데…….

2

"오늘 할일은 밭에서 양식한 은밀 문어 제거다. 베테랑 문어 농부가 은퇴하면서 풋내기 농부가 뒤를 이었는데, 그 사람이 놓친 문어가 야생화한 것 같다는구나."

오늘은 가벼운 복장의 다크니스가 종이 한 장을 손에 든 채 그렇게 말했다.

바로 그때, 카즈마가 손을 들어 말을 끊었다.

"잠깐만 있어 봐. 방금 이상한 소리를 하지 않았어? 우선 『밭』에서 양식된 문어가 대체 뭐야? 그리고 농부가 문어를 기른다는 것도 이해가 안 되고, 애초에 문어가 지상에서 야생화했다니……."

"다른 질문은 없지? 그럼 가자! 야생화한 은밀 문어는 숲 속에 있다!"

다크니스는 카즈마의 말을 끊고 그대로 걸음을 옮겼다.

왠지 다크니스의 발걸음이 묘하게 가벼워 보이는데…….

"그런데 너는 왜 갑옷을 안 걸친 거야? 문어가 상대라면 고전할 일은 없겠지만, 그래도 갑옷은 입어야 할 거 아냐."

"음, 사양하겠다."

다크니스는 딱 잘라 그렇게 말하더니 희희낙락하며 앞장섰다.

"저기, 다크니스. 왜 그렇게 들뜬 거야? 앗, 알겠다! 문어를 잡으면 한 마리를 맛보려는 거지? 저기, 다크니스. 나는 문어 다리를 좋아해. 몸통과 머리는 양보할 테니까, 다리는 나한테 줘. 응?"

"그걸 먹겠다니, 당치도 않다! 그건 먹는 것 이외에도 유익하게 활용할 방법이……!"

"너희도 슬슬 긴장감을 가져. 숲이 보이기 시작했다고."

시끌벅적한 세 사람의 뒤를 따르던 내 눈에 마을 근처에 있는 숲이 들어왔다.

야생화한 문어는 경계심이 강해서 기척을 숨기고 수풀에 숨어 사냥감의 빈틈을 살핀다고 한다.

“어이, 다크니스. 너무 거침없이 나아가지 말라고. 내가 적의 기척을 감지할 테니까, 안전이 확인된 후에 따라와.”

“너야말로 무슨 소리를 하는 것이냐. 기척을 살피다간, 문어에게 기습을 당할 수 없단 말이다.”

“너야말로 무슨 소리를 하는 거야?”

두 사람이 그런 대화를 나누고 있을 때였다.

“읏?! 어이, 적 탐지 스킬이 반응했어! 저쪽의 수풀을 조심해!”

“알았다! 나만 믿어라!”

“저쪽의 수풀을 조심하라고 했지, 누가 거기로 뛰어들라고 했냐?!”

다크니스가 수풀에 뛰어든 순간, 아무것도 없던 곳에서 느닷없이 촉수가 모습을 드러냈다.

아니, 저것은 수풀로 위장해서 주위 경치에 녹아들어 있었을 것이다.

나는 은밀 문어라는 명칭이 어울린다고 생각했다.

위장을 풀면서 적갈색으로 되돌아간 은밀 문어가 다크니스를 휘감기 위해 촉수를 뻗었—.

“아앗! 아차, 함정이었나!”

“너, 진짜로 무슨 소리를 하는 거야?! 내가 그 수풀에 있다고 방금 말했잖아!”

그대로 문어한테 잡힌 다크니스는 어찌된 건지 희희낙락

하며 버둥거렸다.

"이익! 감히 문어 주제에 나를 만지는 것이냐! 놔, 놔라! 그 더러운 촉수로 내 몸을 더듬지…… 이, 이 자식! 조르기만 하지 말고 제대로 해봐라! 너의 그 미끈미끈한 촉수가 뭘 위해 존재하는 건지 알긴 하는 것이냐!"

"적어도 너를 기쁘게 해주려고 존재하는 게 아닌 건 분명해! 하아, 정말! 이 녀석을 어떻게 하지?!"

쇼트 소드를 뽑아 든 카즈마는 다크니스를 휘감은 문어를 벨지 말지 고민했다.

한편, 불이 잘 붙을 듯한 마른 나뭇가지를 주워온 아쿠아는 은밀 문어가 퇴치되기만을 고대하며 기다리고 있었다.

아무래도 퇴치 직후의 신선한 은밀 문어를 맛있게 맛볼 생각인 것 같았다.

"어이, 다크니스. 혹시나 해서 물어보는 건데, 구해줄까? 아니면 한 시간 정도 내버려 뒀다가 나중에 데리러 올까?"

"나, 나중에……. ……윽?! 어이, 카즈마! 큰일 났다! 이 문어, 내 옷의 섬유를 먹어 치우고 있어! 자, 잠깐만, 야외에서 이렇게 하드한 건 좀……!"

"…………."

"카즈마! 어이, 카즈마! 무릎을 모으고 앉아서 뚫어지게 쳐다보지 마라! 이, 이제 됐으니 구해다오! 이 문어를 해치우란……!"

"으윽?! 이, 이건……?! 이 문어, 뭘 좀 아네!"

"대단해! 다크니스, 문어가 살색으로 변했어. 그대로 옷이 다 녹아버리면, 어디가 다크니스의 피부이고 어디가 문어의 피부인지 분간이 안 될……."

"음, 이미 어마어마하게 에로틱한걸."

"도와다오! 내, 내가 잘못했다! 다시는 문어 플레이는 하지 않으마! 이대로 있다간 돌이킬 수 없는 사태가 벌어질 거다!"

"저기, 그 돌이킬 수 없는 사태에 대해 자세하게 이야기해 주지 않겠어?"

다크니스는 촉수에 휘감긴 채 버둥거렸고 카즈마는 그 앞에서 무릎을 모으고 앉아 뚫어지게 응시했다.

……아무래도, 다크니스라는 저 언니도 문제가 있는 것 같다.

정말 얼굴값을 못하는 사람이다. 저런 사람을 쿨한 여기사라 여겼던 게 후회된다.

"아앗. 나, 나는, 초, 촉수 따위에게 지지 않는다!"

"그래! 바로 그거야, 다크니스! ……어, 어이, 아쿠아, 그만해! 다크니스는 아직 버틸 수 있다고! 너, 그 식칼로 뭘 하려는 거야?! 나중에 타코야키 사줄 테니까, 이 끝내주는 타이밍에 훼방 놓지 마!"

나는 홍마의 마을에 살면서, 그리고 이제까지 여행하면서 다양한 괴짜들을 만났다.

그런 나의 감이 이 사람들은 그중에서도 손꼽히는 괴짜들이라고 외쳐댔다.

이 사람들을 따라다녀도 정말 괜찮은 걸까…….

3

자, 오늘은 퀘스트를 쉬기로 한 날이다.

하지만…….

"……카즈마. 왜 따라오는 거예요?"

"어차피 1일 1폭렬이라는 그 정신 나간 일과를 하러 갈 거잖아? 네가 마을 밖에서 마력이 바닥나 쓰러졌다가 개구리에게 잡아먹히면 곤란하거든. 한가하니까 같이 가줄게."

"정신 나간 일과라는 말이 좀 걸리지만, 따라와 준다면 감사해요. 하지만, 마법을 쓰는 건 할일을 마친 후거든요? 마법을 일찍 쓰면 그 후에는 얌전히 지내야 하니까요."

"알았어. 그럼 어디에 갈 거야? 마법을 쓰기 전에 할일이 따로 있어?"

입이 거칠고 툭하면 성희롱을 하는 데다 때때로 이상한 소리를 늘어놓지만 이 사람도 본성은 착한 사람 같았다.

"그럼 애완동물 센터에 가도 될까요? 이 애에게 목걸이를 사줄까 하거든요."

나는 그렇게 말한 후 발치에서 어슬렁거리고 있는 춉스케

를 안아 들었다.

"그 털북숭이, 전부터 좀 관심이 갔거든. 좋아, 그럼……."

갈까.

카즈마가 그렇게 말하려던 바로 그때였다.

내가 안아 들고 있던 촘스케를, 누군가가 옆에서 채갔다.

"어?!"

촘스케를 채간 상대는 키와 체격으로 볼 때 남성 같았다.

하지만 후드를 깊이 눌러써서 얼굴이 보이지 않았다.

갑작스러운 일이지만 상대의 정체는 짐작이 됐다.

내 짐이 아니라, 저 털북숭이를 노린 것을 보면……!

"인마, 고양이 같은 걸 납치해서 뭘 어쩌려는 거야?! 그 빈약한 고양이는 딱 봐도 잡종이 틀림없다고!"

"비, 빈약?! 잡종?! 무례하구나! 이분이 누구신지 알지도 못하는 놈이 감히……!"

카즈마의 고함을 들은 뒤 발끈한 상대방이 한 말을 듣고, 나는 확신했다.

저 녀석은 분명……!

카즈마는 촘스케를 안아 들고 도망치는 남자를 쳐다보며 마을 전체에 울려 퍼질 큰 목소리로…….

"고양이 납치범이다~! 누가 저 녀석 좀 잡아줘! 저 남자는 변태 짐승 마니아야! 가만히 뒀다간 우리 고양이가 흉한 짓을 당할 거라고!"

"머, 멍청한 놈! 내가 이분에게 그딴 짓을 할 것 같으냐……!"

카즈마의 고함을 들은 마을 사람들이 꼬박꼬박 반박하는 남자를 막아섰다.

아마 상대방의 정체를 모르니 저러는 거겠지만 카즈마는 한 치의 주저도 없이 일반인을 끌어들였다.

이것도 기지를 발휘했다고 할 수 있을까…….

"젠장, 어쩌다 이렇게 된 거지……!"

사람들이 막아서자 후드를 쓴 남자는 춈스케를 안아 든 채 뒷골목으로 향했다.

저 뒷골목은 마을 광장으로 이어져 있다.

"카즈마, 흩어지는 편이 좋을 것 같아요! 한쪽은 이대로 저 녀석을 쫓고, 다른 한쪽은 광장으로 앞질러 가는 게 어떨까요?!"

"안 그래도 나한테 좋은 생각이 있어."

그렇게 말한 카즈마는 곧 고함을 질렀다.

"아아아아앗! 저 녀석, 길드에서 지명 수배 중인 현상금 몬스터잖아! 인간으로 변하는 게 특기지만, 전투력은 전혀 없는 놈이 분명해! 어이, 비켜! 저 녀석은 내가 잡을 거야! 상금은 내 거라고!"

"윽?! 무, 무슨 소리를……."

카즈마의 말에 반박하려던 그 남자는 주민들의 시선을 눈치채고 뒷걸음질 쳤다.

"잡아! 현상범을 잡으라고!"

"잠깐만! 현상금은 공평하게 나눌 거지?!"

"부탁이야, 나한테 양보해줘! 이번 달은 정말 위험하단 말이야!"

"앗! 뒷골목으로 도망쳤다! 쫓아!"

진짜 너무하다.

사람들에게 쫓기게 된 탓에 후드 밖으로 드러난 입가가 딱딱하게 굳어버린 그 남자는 허둥지둥 뒷골목으로 도망쳤다.

"좋아. 이제 광장으로 가서 내 잠복 스킬을 쓰고 대기하자. 그리고 나타나면 바로 기습을 하는 거야."

이 남자는 남을 괴롭히는 것에 있어서는 빈틈이 없다.

……왠지 상대가 불쌍하다는 생각이 들었다.

4

광장에 도착해보니 이상한 상황이 펼쳐져 있었다.

"어이, 나한테서 떨어져라! 이 여자가 목숨을 잃어도 괜찮은 거냐?!"

지름길로 왔는데도 불구하고 저 남자가 먼저 이곳에 와 있었다.

이것으로 확실해졌다. 저 남자는 인간이 아니다.

평범한 인간의 신체 능력으로는 이렇게 짧은 시간에 여기까지 올 수 없다.

"어머나! 다크니스가, 갑자기 나타난 괴한에게……! ……저기, 다크니스. 내가 어쩌면 될까? 사람을 불러올까? 아니면 여기서 이대로 계속 비명을 지르는 편이 좋겠어?"

"아무도 부르지 않아도 된다. 음, 이것도 나쁘지 않다만……. 나이프로 위협당하는 것보다, 동료가 인질로 잡혀 어쩔 수 없이 굴복하는 게 좋은데 말이지. 이런 싸구려 나이프로는 긴박감이……."

어떻게 된 건지 그 남자에게 잡힌 채 목에 나이프가 겨눠진 다크니스가 우리 눈앞에 있었다.

나이프가 겨눠졌는데도 전혀 당황하지 않는 다크니스를, 아쿠아는 위기감이 전혀 느껴지지 않는 표정으로 느긋하게 쳐다보고 있었다.

전혀 당황하지 않는 두 사람을 보고 짜증이 난 남자는 나이프를 겨눈 채 이렇게 외쳤다.

"젠장, 젠장!! 왜 이렇게 된 거지?! 월버그 님을 재빨리 확보한 후, 그대로 내뺄 예정이었는데……!"

방금 저 남자의 입에서 월버그라는 단어가 나왔다.

역시 이 녀석은 아네스와 호스트 같은 녀석들의 동료 같았다.

잡혀 있던 다크니스가 우리를 발견했다.

"카즈마, 메구밍! 허를 찔렸다! 이 남자는 나이프로 협박해서 내가 저항하지 못하게 한 후 주체 못할 욕망의 배출구로 삼으려는 건지, 아까부터 음란한 요구만 계속 해대는구나……!!"
"그런 요구는 한 적 없어."
그는 당혹스러운 표정을 짓고 그렇게 말했다.
"크윽, 카즈마! 메구밍! 나는 그냥 내버려 둬라! 이 자가 내 몸을 아무리 짓밟아도, 크루세이더의 긍지만큼은 뜻대로 할 수 없을 테니 걱정 마라!"
"아, 아니, 그러니까 나는 저기 있는 무시무시한 힘을 지닌 아크 프리스트에게 이상한 짓을 하지 말라고 말했을 뿐인데……!"
누명을 쓴 남자가 입가를 일그러뜨리면서 금방이라도 울음을 터뜨릴 듯한 표정을 지었다.
"어이, 너: 무슨 생각으로 고양이를 납치한 거야? 자랑은 아니지만 우리는 돈이 없어. 그런 것도 못 느낄 정도로 절박한 거야? 점심때 산 소시지를 줄 테니까, 이걸로 봐줘."
카즈마가 설득인지 도발인지 알 수 없는 말을 늘어놓으면서 들고 있던 먹다 만 소시지를 내밀었다.
그러자 그 남자는 머리까지 피가 치솟은 것 같았다.
"이놈들, 적당히……."
"『스틸』!"
그 남자가 고함을 지른 순간, 카즈마가 절도 스킬을 발동시켰다.
운 하나는 좋다고 자부하는 카즈마가 손에 쥔 것은……!

"이럴 수가! 너 같은 녀석이 스틸로 내 무기를 빼앗다니……?!"

그러고 보니 저 스킬은 레벨이 높은 상대에게는 거의 효과가 없다.

그런데도 운 좋게 나이프를 빼앗은 것을 보면, 카즈마는 내 생각보다 훨씬 운이 좋은 걸지도 모른다.

"뭐냐. 이걸로 끝인 건가……."

다크니스는 아쉬운지 남자한테 잡힌 상태에서 한숨을 내쉬었다.

"……크, 크큭……."

그 남자가 작게 웃기 시작했다.

"크큭, 크하하하하하! 아네스 님과 호스트 님이 임무에 실패하실 만하군! 재미있어, 실로 재미있다고!"

갑자기 그렇게 말한 그는 뒤집어쓰고 있던 후드를 벗어던졌다.

"나로 말할 것 같으면, 사신 월버그 님을 모시는……."

그러자 마족 특유의 짐승 같은 노란 눈동자를 지녔고 뿔 하나가 달린—.

"『엑소시즘』~!"

"으갸악~?!"

이름을 밝히려던 마족 같은 남자는 눈치 없는 아쿠아의 퇴마 마법을 맞고 다크니스를 잡은 채 바닥을 뒹굴었다.

……이 상황에서도 인질을 잡고 있다니 대단한 근성이다.

"이이, 이 여자! 내가 인질을 잡고 있다는 걸 잊은 거냐! 다음에 또 이딴 짓을 하면, 이 녀석을 죽여버릴 거다!"

울상을 지은 그 남자는 다크니스를 잡은 채 날카로운 손톱을 내밀며 몸을 일으켰지만…….

"어디 해봐라."

다크니스가 갑자기 그렇게 말했다.

"……뭐?"

"못 들었느냐? 해보란 말이다. 네놈은 악마였군. 경건한 에리스 교도로서, 악마인 네놈과 더는 노닥거릴 수 없지. 이대로 네놈을 제압하겠다."

다크니스는 갑자기 진지한 표정을 짓고 남자의 팔을 움켜잡았다.

"뭐……?! 이, 이익……! 하나같이 나를 바보 취급하는 거냐……!"

눈에 핏발이 선 남자가 다크니스의 얼굴을 향해 손톱을 휘둘렀다.

……하지만, 다크니스는 그 일격을 맞고도 인상을 살짝 찡그리기만 했다.

"아야야……. 어이, 좀 더 세게 공격을 날려봐라! 뇌까지 뒤흔들릴 일격을 날려 보란 말이다……."

"이이, 이 여자는 뭐냐?! 얼굴이 얼마나 두꺼운 거지?! 칠

판이라도 깔아둔 거냐?!"

공격을 날린 남자는 그 광경을 보고 비명을 질렀다.

"무, 무슨 소리를 하는 것이냐! 이건 방어 스킬 덕분이지, 내 얼굴의 두께와는 상관없다! 방금 한 말을 취소해라! 방어 스킬이 얼마나 견고한 거지, 로 고치란 말이다!!"

마음에 상처를 입은 다크니스가 울상을 짓고 그 남자에게 따지고 있을 때였다.

"아무래도 인질도 의미가 없나 보네! 악마 주제에 내 앞에 나타난 걸 후회하게 해주겠어!"

승리를 확신한 아쿠아가 퇴마 마법을 영창하기 시작했다.

아까보다 주문이 긴 것을 보면 강력한 퇴마 마법을 펼치려는 것 같았다.

바로 그때, 남자가 매고 있는 배낭 안에 축 늘어져 있는 춈스케의 모습이 보였다.

배낭 안에 갇힌 채로 끌려다녔을 뿐만 아니라, 아까 저 남자가 바닥을 굴러다녀서 현기증이 난 것일까?

아니, 어쩌면…….

"자, 각오는 됐지? 이번 건 아까 날린 것보다 훨씬 강력하니까 각오해!"

"제, 젠장, 이런 데서……!!"

아쿠아가 아까 날린 퇴마 마법이 우리 춈스케에게도 대미지를 입힌 거라면?

"아, 아쿠아, 그 마법을 쓰지 마세요! 부탁이에요! 저 악마와는 좀 인연이 있어요! 가능하면 제가 결판을 내고 싶어요!"

"뭐~? 흐음, 좋아. 대신 악마처럼 추악한 존재는 티끌조차 남기면 안 돼. 조금이라도 남겨뒀다간, 곰팡이처럼 증식하거든."

아쿠아는 내 말을 듣고 그렇게 말했지만—.

"증식은 무슨! ……헤헷, 그래도 어떻게 된 건지 알겠군. 덕분에 살았다고. 너희에게 먹히는 인질은……!"

"아앗!"

그 남자는 이미 볼일이 없다는 듯이 다크니스를 밀쳐내더니 매고 있던 춈스케가 든 배낭을 들어 보였다.

"자, 비켜주실까!"

그리고 슬금슬금 광장을 벗어나기 시작했다.

큰일 났다. 이곳을 빠져나가 마을 안으로 도망친다면, 통행인이 방해되어서 내 마법을 쓸 수 없다.

해치우려면 여기서 해치울 수밖에 없는데…….

"어이, 메구밍. 저 녀석은 대체 뭐야? 귀찮은 일을 벌이는 건 아쿠아만으로 충분하거든?"

내가 어쩌면 좋을지 고민하고 있을 때 옆에 있던 카즈마가 귓속말로 그렇게 말했다.

"이, 이런 일에 휘말리게 해서 죄송해요……. 저 녀석이 노리는 건 아마 제 고양이일 거예요……."

아쿠아와 다크니스에게 농락당했어도 저 악마는 상당히 위험한 상대다.

그런 녀석과의 싸움에 이 사람들을 휘말리게 했다.

내가 약간 풀이 죽자 카즈마는 한 손을 꼼지락거렸다.

"어쩔 수 없네. 너는 폭렬마법을 영창해둬. 그리고 신호를 보내면 저 자식을 해치워버리라고."

"예?"

카즈마의 말을 들은 내가 고개를 들고—.

"왜 놀라는 거야? 너는 우리 파티의 화력 담당이잖아. 네가 마무리를 짓는 게 당연하지 않아?"

—어리둥절한 표정을 짓자 카즈마는 내 가슴속 깊은 곳이 뜨거워지는 말을 해줬다.

어째서일까. 왜 이런 말 한마디에 이렇게 기쁜 걸까.

나는 카즈마가 시킨 대로 폭렬마법을 영창하기 시작했다.

……아아, 그래…….

"어이, 험악하게 생긴 고양이 마니아 악마!"

"누, 누가 고양이 마니아라는 거냐! 이분은 말이다! 평범한 고양이가……."

"빈틈 발견! 『스틸』!!!!"

"아아앗?! 아, 아차……?!"

자기 의지가 아니라 누군가의 지시로 폭렬마법을 쓰는 건 처음이다.

엉터리 마법이란 말을 들어온 폭렬마법.

그것을 필요로 하는 사람들이 여기에 있다.

"끼얏호~! 어이, 고양이 납치 악마! 두 번이나 허를 찔려서 스틸에 당한 기분이 어때? 응? 어떤 기분이냐고!"

그렇게 외친 카즈마는 스틸로 빼앗은 배낭을 머리 위로 들어 올리고 도발했다.

"푸푸풉~! 그렇게 의기양양한 표정을 짓더니, 고양이를 간단히 빼앗겨버렸네! 자, 메구밍! 화끈하게 날려버려!"

그리고 멀찍이서 지켜보며 웃고 있던 악마와 언데드 상대로 신들린 공격력을 발휘하는 이상한 언니가 그렇게 외쳤다.

"날려버려라, 메구밍! 봐줄 필요 없다! 악마 따위는 작살을 내버려라!"

은근슬쩍 아쿠아를 감싸는 위치에 선, 비정상적으로 튼튼하고 세상 물정 모르는 언니가 그런 무시무시한 발언을 늘어놓았다.

그리고—.

"후하하하하하하! 어이, 악마! 너의 가장 큰 패인은 바로 나와 마주친 거야!"

"제, 젠장~!!"

분통을 터뜨리는 악마를 손가락으로 가리키며 의기양양하게 그렇게 말한 것은, 이 파티에서 자기만 유일하게 정상이라고 생각하지만 실은 가상 괴상한 소년이었다.

……이 파티에 계속 속해 있다간, 앞으로도 고생할 게 뻔하다.

그리고 나 또한, 동료들에게 폐를 끼칠 것이다.

고 레벨이 아니고 멋지지도 않으며…….

강하지 않을 뿐만 아니라 전혀 믿음직하지 못한 사람들이지만…….

"자, 메구밍! 날려버려!!"

—친애하는 홍마의 마을 여러분께.

이제까지 저는 쭉 외톨이였지만—.

"『익스플로전』—!!!!!!"

지금은 저한테 딱 맞는 아늑한 파티에 들어갔어요.

그래, 이세계에 가자!

1

입이 쩍 벌어진 메구밍이 갈라진 목소리로 중얼거렸다.

"여, 여여……. 여기는 대체 뭔가요……!"

현재 시각은 마침 통근 시간대.

자동차 경적이 들릴 때마다 메구밍이 흠칫거리는 게 재미있었다.

"카, 카즈마! 소형 디스트로이어 같은 게 다가오고 있다! 주위 사람들을 빨리 피난시켜야 해!"

주위를 두리번거리던 다크니스가 서행 중인 대형 트럭을 보더니 그렇게 외쳤다.

그런 다크니스에게 아쿠아는 진정하라는 듯이 여유 넘치는 목소리로 이렇게 말했다.

"하아, 이래서 촌뜨기는 성가시다니깐. 두 사람 다 좀 진정해. 저 커다란 건 『트럭』이라는 거야. 저래 봬도 주인의 말을 잘 듣는 순종적인 몬스터지."

아쿠아가 아는 척을 했지만 약간 틀렸다.

이 녀석은 이 세상에 관해 알고 있을 뿐, 과학 기술 같은 걸 제대로 이해하고 있지 않은 걸지도 모른다.

그렇다. 지금 우리의 눈앞에는―.

"두 사람 다 걱정하지 마! 내가 이 세상에 대해 가르쳐줄게!"

내가 어릴 적부터 봐온, 일본의 마을 풍경이 펼쳐져 있었다.

이 모든 일은 엉터리 상품만 취급하는 마도구점의 주인, 위즈의 어떤 말에서 비롯됐다.

"여러분, 이것 좀 보세요! 이번에 사들인 이 상품은 참 엄청나요!"

위즈가 손에 쥔 것은 평범해 보이는 조그마한 상자였다.

언뜻 봐서는 뭐가 엄청나다는 건지 모르겠는데…….

"이게 뭔데~? 어차피 평소와 마찬가지로, 엄청난 부작용이 있는 마도구지? 요즘은 주머니 사정도 괜찮으니까, 진짜로 괜찮은 물건이면 사줄 수도 있거든?"

가게 안에 있는 포션 병의 뚜껑을 열고 냄새를 맡은 아쿠아가 인상을 찡그리면서 그렇게 말했다.

위즈는 그 말을 듣더니 기다리고 있었다는 듯 환한 목소리로 말했다.

"이건 이세계에 갈 수 있는 전이의 마도구예요!"

아쿠아의 옆에서 마법의 두루마리를 살펴보던 메구밍이 그 말을 듣고 고개를 갸웃거렸다.

"이세계라고요? 마계나 천계 같은 곳인가요?"

"아, 어떤 이세계인지는 저도 잘 몰라요. 어쩌면 엄청 위험한 장소일 수도 있어요……. 왜냐하면, 그 이세계에 관해서는 이름 이외의 기록이 거의 없거든요……."

위즈는 약간 미안하다는 표정을 지었지만—.

"그래도 이세계예요, 이세계! 엄청나지 않나요?! 가슴이 두근거리지 않나요?! 이 마도구에 대한 설명을 듣자마자, 저는 바로 사들였을 정도라니까요!"

곧 환하기 그지없는 표정을 짓더니 힘찬 어조로 그렇게 말했다.

"……그런데, 그 마도구에는 어떤 부작용이 있는 거야?"

내가 그렇게 묻자 위즈는 흠칫하며 몸을 부르르 떨었다.

"……실은, 이세계에 가더라도 겨우 열두 시간만 머물 수 있어요……."

위즈는 거북한 표정을 짓고 고개를 돌렸지만, 그것은 건너간 이세계가 위험한 장소일지라도 열두 시간만 살아남으면 돌아올 수 있다는 의미였다.

그렇다면 꼭 결점이라고 볼 수도…….

"그리고 이세계에 갔다가 돌아오면, 거기서의 기억을 잃고 말아요."

"잠깐만 있어 봐."

그건 아니잖아.

"즉, 진짜로 이세계에 갔는지도 알 수 없다는 거야? 그 마도구를 쓰면 이세계에 가고, 돌아오면 기억을 잃는 거지? 체감상으로는 그 상자를 열고 열두 시간이 지났습니다~ 같은 느낌인 거네? ……그거, 상자를 열면 열두 시간 동안 정신을 잃는 사기 아이템 아냐?"

"아, 아니에요! 이 상자에서는 확실히 강력한 마력이 느껴져요! 그, 그러니 카즈마 씨! 요즘 주머니 사정이 좋은 카즈마 씨에게 부탁이 있는데 말이죠……!"

"필요 없어."

"부부, 부탁이에요! 제가 멋대로 이런 걸 사들인 걸 바닐 씨가 알면 또 엄청나게 혼날 거예요! 적자를 내면, 그걸 메울 때까지 설탕을 뿌린 빵 가장자리만 먹게 돼요! 이제 싫어요! 단백질을 먹고 싶어요! 제발 부탁이에요! 매입 가격의 반값에 드릴게요!"

위즈가 엉엉 울며 매달리자 내 옆에 있던 다크니스가 동정심이 어린 눈길로 그녀를 바라보고 말했다.

"어, 어이, 카즈마. 사주는 게 어떻겠느냐? 너는 거금을 손에 넣은 후로 집에 틀어박혀 지내지 않느냐. 돈을 좀 소비한 후, 모험가답게 퀘스트를 하러 가자."

"싫어. 일단 지금 가진 돈을 절약해서, 한 3년은 일 안 하고 빈둥거리며 지낼 생각이야. 그리고 그 이세계가 어떤 곳인지도 모르잖아? 어쩌면 어마어마하게 위험한 곳일지도 모른다고."

"으으……. 저, 전이하게 되는 세계의 이름이 『일본』이라는 것 말고는 밝혀진 게 없—."

"사겠어."

나는 위즈에게 딱 잘라 그렇게 말했다.

2

—그렇게 된 것이다.

저택에 돌아온 우리는 즉시 그 마도구를 바로 사용했는데…….

"카즈마, 카즈마! 저 사람 좀 봐요! 곁에 아무도 없는데, 뭔가를 향해 쉴 새 없이 말을 늘어놓고 있어요!"

"이, 인마, 손가락질하지 마! 화낼 거라고! 그리고 저건 핸드폰이라고 하는 건데, 먼 곳에 있는 사람과 대화할 수 있게 해주는 마도구 같은 물건이야!"

이세계인의 텐션이 비정상적이었다.

메구밍과 다크니스는 쉴 새 없이 주위를 둘러봤고 일본에 관해 다소 지식이 있는 아쿠아가 그런 두 사람을 따뜻한 눈길로 응시하고 있었다.

"아쿠아, 이 세계가 카즈마의 출신지라는 게 정말이냐?! 사방에 몬스터들이 어슬렁거리고 있는데, 여기가 정말 마을 안인 것이냐?!"

다크니스가 말한 몬스터는 아무래도 자동차 같았다.

"무서워할 필요 없어. 저건 『트럭』의 친구인데, 사람을 피해 다닐 정도로 똑똑하거든. 하지만 그중에는 사람한테 몸통 박치기를 날리는 거친 녀석도 있으니까, 다가갈 때는 조심하도록 해."

……여러모로 태클을 날려주고 싶지만 일단은 돌아갈 타이밍이 임박할 때까지 다른 일을 하며 시간을 보내야 한다.

구체적으로 설명하자면 내가 가족에게 발각되더라도 머지않아 이세계로 되돌아갈 수 있는 타이밍까지 말이다.

나는 집에 가서 해야만 하는 일이 있다.

"카즈마 씨, 카즈마 씨. 돈은 있어? 없으면 에리스 금화를 가게에 가서 환전하자. 일본에서는 금이 비싼 값에 팔리잖아?"

"자, 잠깐만 있어 봐. 나 같은 꼬맹이가 귀금속 가게에서 금화 같은 걸 돈으로 바꾸려고 하면 의심을 살 게 뻔해. 그리고 사고를 당하기 직전에 가지고 있던 지갑에 돈이 좀 들어 있긴 할 거야……."

그렇게 말하면서 내가 꺼내든 건 죽기 직전에 가지고 있었던 일본제 지갑이었다.

그 안에는 너덜너덜해진 천 엔짜리 지폐 네 장과 동전 몇 개가 있었다.

"자, 한 사람당 천 엔씩이야. 화폐가치는 1천 에리스 정도지. 비싼 건 못 사겠지만……. 참, 여기서 손에 넣은 물건을 가지고 돌아갈 수 있을까?"

"글쎄요. 가지고 돌아갈 수 없다면 돈을 낭비한 게 될 거예요. 카즈마한테 받은 돈은 그냥 식비로 쓰도록 해요."

메구밍은 내가 건네준 돈을 소중히 품에 넣고 그렇게 말했다.

"음. 기왕이면 평소 맛보지 못한 것을 먹어보고 싶구나!"

"저기, 카즈마 씨. 나, 프랑스 요리점에 가보고 싶어. ……나한테 좋은 생각이 있거든? 어차피 우리는 열두 시간 후에 돌아가잖아? 그러니 확 『에이티엠』에 스틸을……."

"그 입 다물어! 너, 나한테 뭘 시키려는 거야?!"

이 녀석은 절대로 여신이 아니야.

"꽤 괜찮은걸. 빵도 부드럽고, 점원의 태도도 매우 좋았다. 그런데 가격도 이렇게 싸다니, 정말 놀라워. 하지만, 맨손으로 음식을 쥐고 먹는 것에는 영 익숙해지지 않는구나……."

"이 까만 음료, 입안에서 샤와샤와~ 하며 폭렬하네요. 삼켜도 괜찮은 거예요? 배가 터지는 건 아니죠?"

두 사람은 유명 패스트푸드점의 세트 메뉴를 흥미로워하며 먹고 있었다.

나에게는 반가운 맛이지만 아쿠아에게는—.

"감히 나한테 햄버거 따위를 대접해? 정말, 이런 감자나……. ……저기, 카즈마. 감자튀김 남길 거면 나 줘. 이거, 먹을수록 더 당기네."

꽤 입에 맞는 것 같았다.

"저기, 카즈마. 이제부터 어쩔 것이냐?"

……으음, 어떻게 할까.

내가 일본에서 해야 하는 일을 하기 위해선 좀 더 시간을 보내야만 한다.

나는 세 사람의 복장을 다시 살폈다.

아쿠아는 평소와 다름없는 복장이다.

좀 기발하긴 하지만 별문제는 없다.

다크니스는 갑옷을 벗고 대검을 두고 오게 했다.

타이트스커트에 검은색 타이츠와 가슴 쪽이 깊이 파인 와이셔츠를 입으니 색기가 넘쳤으나 회사원 같아 보이기도 했다.

문제는—.

"왜 그래요? 제 옷에 무슨 문제라도 있나요?"

평소 복장에 지팡이를 들고 있는 메구밍이다.

나는 원피스를 입으라고 말했지만 기왕 이세계에 갈 거면 정장으로 가겠다며 메구밍이 우겨댄 것이다…….

나는 사고 당시에 입고 있던 운동복 차림이니 별 문제없다.

하지만 이 녀석들을 데리고 가도 그다지 튀지 않는 장소라면…….

『아키하바라~. 아키하바라~.』

"카즈마, 방금 아키하바라라고 했다! 분명 그렇게 들렸어! 여기지? 우리가 내릴 곳은 여기가 틀림없나!"

"저도 그렇게 들었어요! 자, 다크니스! 곧 『전철』이 입을 벌릴 거예요! 다시 닫히기 전에 뛰어내리죠!"

……부, 부끄러워!!

이세계인인 두 사람이 전철 안에서 고함을 질렀지만 주위 사람들은 괜히 얽히기 싫은지 못 본 척을 했다.

하아, 여기가 일본이라 다행이야…….

"두 사람 다 좀 진정하는 게 어때? 전철이 신기한 건 이해해도 좀 우아하게……."

전철의 출발을 알리는 소리가 들리더니 아슬아슬한 타이밍에 전철에서 내린 아쿠아의 옷자락이 전철의 문에 꽉 끼였다.

"우에에에에에엥! 카즈마 씨~, 카즈마 씨~!! 내 신기가 잡아먹혔어! 살려줘! 이 커다란 녀석 좀 해치워!"

하아, 진짜 부끄럽네!!

"큰일날 뻔 했구나, 아쿠아. 역무원이라는 분이 몬스터를 달래주지 않았다면, 그대로 잡아먹혔을지도 모른다."

"맞아. 그 아저씨한테는 나중에 답례를 해야겠네."

"이 세상의 사람들을 얕보면 안 되겠네요. 언뜻 보기에는 평범한 아저씨 같았지만, 실은 마수 조련사인 걸까요."

내 뒤를 따르는 세 사람이 그런 정체불명의 대화를 나누고 있었다.

바보 같은 말을 큰 목소리로 하는 건 삼가해줬으면 좋겠다.

"아무튼, 메구밍과 다크니스도 고마워. 전철의 입을 벌리려고 힘써줬잖아. 좋아, 내 용돈으로 맛있는 음료를 사줄게! 이 상자에 돈을 넣으면, 시원한 음료가 나와!"

아쿠아는 의기양양하게 가슴을 펴고 그렇게 말했다.

"뭐? 이건 대체 어떻게 작동하는 거지?"

"전이 마법이라도 쓰는 걸까요?"

설명을 들은 다크니스와 메구밍이 자판기를 관찰하기 시작했다.

"이건『자판기』라고 해. 안에 있는 사람이 돈을 받고 즉시 상품을 꺼내주는 거야."

아무래도 이 녀석은 장난삼아 거짓말을 하는 게 아니라 진짜로 착각하는 모양이다.

"에이, 그건 말도 안 돼요. 이런 상자 안에 쭉 틀어박혀 있는 건 무리잖아요."

"음. 그리고 대체 어떻게 안에 들어는 거지? 딱히 문도 없는데 말이다."

의문을 품은 두 사람이 보는 앞에서 아쿠아는 자판기에 돈을 넣었다.

"어서 오세요."

""말했어!""

말하는 타입의 자판기였다.

아쿠아가 사려던 주스의 버튼을 누르자 데구르르 하는 소리와 함께 또 목소리가 흘러나왔다.

"감사합니다."

"당신이야말로, 이 더운 날씨에 고생이 많네."

"아쿠아, 의심해서 미안하다! 안에 계신 분, 정말 수고 많습니다!"

"고마워요! 힘내세요, 안에 계신 분!"

나는 자판기와 이야기를 나누기 시작한 세 사람과 거리를 두고 모르는 사이인 척했다.

"저기, 잠깐 나 좀 볼래?"

남자 목소리가 들려서 고개를 돌려보니 다크니스가 호스트 같아 보이는 남자에게 헌팅을 당하고 있었다.

뭐, 입만 다물고 있으면 외모가 봐줄 만 한 녀석들이니 말이야…….

도와줄까 싶어 다가가 봤지만 그 남자는 무슨 말을 한 후에 다크니스에게 명함을 건네주고 가버렸다.

"뭐야. 헌팅하는 것치고는 너무 순순히 물러나네. 무슨 이야기를 나눈 거야?"

히죽거리고 있는 다크니스에게 물어보자—.

"헌팅이 아니라 스카우트였어. 저 사람, 우리 나이를 묻더니 다크니스에게만 명함을 주고 가버리더라니깐."

"아쿠아는 한사코 나이를 밝히지 않았지만요. 저는 애초에 쳐다보지도 않았어요. 좀 충격이네요."

스카우트였구나. 대단한걸.

"후후. 봐라, 카즈마! 여배우가 되고 싶지 않냐는 권유를 받았다! 뭐, 원래 세계에 돌아가야 하니 승낙할 수는 없다만……. 그래도 기분이 썩 나쁘지는 않구나!"

그렇게 말하며 만면에 미소를 지은 다크니스가 나에게 명함을 보여줬다.

"……어, 어이, 이건……."

"카즈마, 쉿~! 쉿~이야! 저렇게 기뻐하잖아. 그냥 조용히 넘어가자……."

"어이, 그게 무슨 소리지? 저 남자는 여배우 스카우트라고 했는데, 무슨 문제라도 있는 거냐?"

"아니, 그게……."

AV 여배우 스카우트였습니다.

―메구밍이 어느 가게를 올려다보며 말했다.

"카즈마, 이 커다란 가게는 뭔가요? 안에서 흥겨운 음악이 들려오는데요."

"아, 그건 게임센터야. 오락실이라면 이해가 될까? 뭐, 게임센터는 내 앞마당이나 다름없거든. 들어가 볼래?"

"오락실인가요! 들어가 보고 싶어요!"

나와 메구밍의 텐션이 치솟는 가운데—.

"저기, 다크니스. 이제 그만 기분 풀어. 야한 일거리이기는 하지만, 그래도 스카우트를 받았다는 건 네가 그만큼 매력적이라는 거잖아."

"……하지만, 왜 나만 명함을 받은 거냐……. 아쿠아와 메구밍도 충분히 매력적인데……. 왜 하필 나만……."

아쿠아는 AV 여배우가 어떤 일을 하는지 설명을 듣고 낙심한 다크니스를 위로했다.

다크니스 말고는 스카우트를 받지 않았다는 건, 아쿠아는 나이가 확실하지 않고 메구밍은 딱 봐도 미성년자이기 때문이리라.

하지만 가장 큰 이유는 다크니스가 쓸데없이 에로틱한 몸을 지녀서라고 생각한다.

"카즈마, 큰일났어요! 소인족이 상자 안에서 싸움을 강요당하고 있어요! 구해줘야겠어요!"

격투 게임 기기를 본 메구밍이 지팡이를 휘둘러 화면을 깨려고 해서 나는 허둥지둥 그녀를 말렸다.

"저건 소인족이 아냐. 마법 같은 걸로 영상을 움직이게 하는 거라고."

메구밍을 달래며 약 1년 만에 방문한 게임 센터를 둘러보고 있을 때였다.

"저, 저기, 너. 혹시 코스프레한 거야?"

"퀄리티 엄청나네요! 저기, 사진 찍어도 될까요?"

오타쿠 같아 보이는 남자들이 내 뒤를 따르던 메구밍에게 말을 걸었다.

"코스프레가 뭐죠? 방금 이세계에서 와서, 이 세계의 상식을 잘 몰라요."

아무렇지도 않게 이세계인이라는 것을 밝힌 메구밍을 보고 내가 당황하기도 전에—.

"내부 설정도 완벽하게 파악하고 캐릭터를 연기하고 있는 거군요! 대단해요! 그리고 마법사 로브와 지팡이도 퀄리티가 장난 아니네요!"

"호오……. 뭐, 홍마족의 마을에 사는 지인에게 받은 이 로브와 지팡이를 칭찬받으니 기분이 썩 나쁘지는 않군요."

"홍마족……. 이세계 판타지물 중에서 홍마족이라는 게 나오는 애니가 있었나?"

"이번 분기 애니에는 없었어. 죄송한데 어떤 캐릭터인지 알려주지 않겠어요?"

오타쿠들의 칭찬에 기분이 좋아진 메구밍은 포즈를 취하며 이렇게 말했다.

"내 이름은 메구밍! 홍마족 제일의 마법사이자 폭렬마법을 펼치는 자!"

"오오오오오오! 코스프레한 캐릭터는 모르지만 포즈도 완벽하네요! 메구밍 양이라고 했죠?! 캐릭터의 이름을 물어본 건데, 됐어요."

"죄송한데, 이쪽 좀 쳐다봐 주세요!"

드디어 사진을 찍히기 시작한 메구밍은 그냥 내버려 두자.

고개를 돌려보니 아쿠아와 다크니스도 게임에 몰두한 것 같았다.

그렇다면……!

"우와……! 저 녀석은 대체 뭐야? 20연승이나 했잖아."

"저 녀석을 막을 수 있는 놈은 없는 거야?!"

"앗! 이번에는 퍼펙트 승리를 했어! 저 자식은 진짜로 뭐 하는 놈이냐고!"

내 뒤에는 구경꾼이…….

그리고 반대편에는 대전 상대가 우글거리고 있었다.

"카즈마, 대단해요! 다들 깜짝 놀란 것 같아요! 카즈마는 이 세상에서 대체 얼마나 강한 거예요?!"

내 옆에서 흥분한 표정을 지은 메구밍이 존경심으로 가득한 눈길로 나를 쳐다봤다.

……그렇다. 격투 게임이다.

오래간만이라 실력이 녹슬지 않았나 걱정했지만 아직 괜찮았다.

"좋아, 21연승이야."

"대단해요! 아쿠아와 다크니스도 불러올게요!"

"기다려. 다크니스는 괜찮지만, 아쿠아는 부르지 마."

아쿠아가 오면 격투 게임을 잘하는 게 자랑거리가 아니라는 사실이 폭로될 것이다.

너무 연승을 해서 난입하는 도전자가 줄고 다들 내 플레이를 관찰하기 시작했을 때였다.

"저기, 손님! 이러시면 곤란해요!"

게임에 열중하고 있는 내 귀에 경보와 함께 점원의 고함이 들려왔다.

"……너희일 것 같기는 했는데, 역시 예상대로네."

"앗! 카즈마, 마침 잘 왔다! 이 남자가 말도 안 되는 억지를 부리는구나! 저기를 봐라! 조금만, 조금만 더 하면 나를 괴롭히던 저 공이 떨어질 거다! 감히 나를 애태우다니……! 저 녀석을 따려고 얼마나 많은 메달을 쏟아부었는지 알기는 하느냐!"

"손님. 심정은 이해하지만, 그래도 기기를 두드리면 안 됩니다."

아무래도 다크니스는 메달을 넣어서 공을 떨어뜨리는 게임을 즐기고 있었나보다.

귀족 영애답지 않게 성미가 급한 다크니스에게—.

"억지를 부리고 있는 건 너야. 죄송해요. 이 녀석은 외국에서 와서 여기 규칙을 잘 몰라요. 자, 가자."

"아앗! 잭팟이……! 저 공을 떨어뜨리면, 잭팟이 터질 느낌이 든다! 카즈마, 돈 좀 빌려다오!"

"잔말 말고 따라와! 저런 게임은 조금만 더, 조금만 더 싶을 때 공이 떨어지지 않게 되어 있다고! ……어라, 아쿠아는 어디 있는 거야?"

"저기 있어요. 다크니스와 마찬가지로, 기계를 두드리고 있네요."

……이 녀석들은 하나 같이 이 모양이네.

"앗! 카즈마, 이것 좀 봐! 거의 다 됐어! 조금만 더 하면 이걸 딸 수 있을 것 같아! 그러니까 돈 좀 빌려줘! 부탁이야!"

"너, 너도냐……."

아쿠아는 집게로 키홀더를 뽑는 게임을 하고 있었다.

"저거 좀 봐! 페카츄야! 페카츄가 있단 말이야!"

"……아니, 저건 짝퉁 포카츄 키홀더잖아."

"부탁이야! 카즈마 씨, 돈 좀 빌려줘! 아니면 나 대신 저걸 뽑아주면 안 돼?! 뽑아준다면, 기억하고 있는 동안에는 고마워할게!"

"원래 세계로 돌아가면 기억이 사라진다잖아! 그건 바로 잊을 거란 소리지?! 애초에 저걸 뽑아봤자 가지고 돌아갈 수 있을지 알 수 없거든? ……하아, 어쩔 수 없네. 내 게임 실력을 보여주겠어!"

3

"휴우……. 너무 놀았더니 피곤하네요. 카즈마가 이렇게 문명이 발달한 세계에서 온 사람이라는 게 놀라워요. 뭐, 이세계인이라고 말해봤자 이상한 사람 취급이나 당하겠지만요. 하지만 저희한테는 일찍 말해줬으면 좋았잖아요."

"음, 동감이다. 원래 세계에 돌아가면, 그 점에 관해 이야기 좀 나눠야겠는걸. 네 과거를 속속들이 들려다오. ……그러고 보니, 곧 원래 세계로 돌아가게 되겠군. 카즈마, 이제 그만 네가 이 세상에서 해야 할일이 뭔지 가르쳐주지 않겠느냐?"

한적한 주택가에 있는 단독주택.

밤이 깊었을 즈음, 나는 그 집 내부를 살폈다.

포카츄 키홀더를 허리의 벨트에 단 아쿠아가 희희낙락하며 말했다.

"저 집을 털려는 거야? 오호라~ 가지고 돌아갈 수 있을지 모르지만, 잡혀도 괜찮을 시간대에 보물을 훔치려는 거구나."

"그런 거 아냐. 저기는 내가 살던 집이라고. 우리 가족은 다들 이 시간에 깊이 잠들어 있거든. 그래서 계속 기다렸던 거야. 나는 아무런 준비도 못한 채로 너희 세계로 보내졌잖

아. 이 세상을 떠나기 전에, 이번에야말로 해두고 싶은 일이 있어. 지금부터 그 일을 마치고 올게."

나는 그렇게 말한 후 잠복 스킬로 기척을 감추면서 천리안 스킬로 암시(暗視)를 사용했다.

우체통 뒤편에는 비상용 열쇠가 놓여 있다.

1년이 지났지만 그것은 여전히 거기에 놓여 있었다.

간단히 집 안으로 침입한 나는 소리를 죽인 채 2층에 있는 내 방으로 향했고—.

"변함없네……."

내 방은 죽기 직전과 똑같은 상태로 보존되어 있었다.

나는 일본에 돌아온 목적을 달성하기 위해, 컴퓨터를 켰다.

"좋아. D드라이브의 내용물은 삭제했어. 패스워드가 뚫린 흔적도 없으니까, 아무도 이 컴퓨터의 데이터를 살펴보지 못했을 거야. 이제 마음 편히……?"

방 안을 둘러본 나는 먼지가 쌓여 있지 않다는 것을 눈치챘다.

그리고 책상 위에는 꽃이…….

가족의 얼굴이 보고 싶어졌지만 그들은 마왕을 쓰러뜨리고 이 세상으로 돌아왔을 때 볼 생각이다.

나는 가지고 있던 에리스 금화를 전부 꺼내서 책상 위에 두려고…….

……전부 두고 갈 것까지는 없나?

하지만 생전에는 폐만 끼쳤으니까……. 하아, 정말. 돌아가서 또 벌면 되잖아!

그렇다. 지금의 나는 이 정도 돈은 금방 벌 수 있는 남자다. 이, 이 정도는……!

내가 에리스 금화를 들고 갈등에 빠져 있을 때였다.

"허, 헛소리하지 마라! 내가 몸 파는 여자로 보인다는 거냐?! 이 자식, 죽여버리겠다!"

"이, 이게 무슨 짓입니까! 멈추세요! 공무 집행 방해죄로 체포당하고 싶습니까?! 이 시간대에 그런 옷차림으로 어슬렁거리면, 그런 오해를 사는 게 당연하잖아요. 어느 나라 사람이죠? 비자는 있습니까?"

큰일이다. 다크니스가 집밖에서 경찰에게 불심검문을 받는 것 같았다.

발언을 들어보니 저 엉터리 상류층 아가씨는 불법입국을 한 매춘부로 의심을 산 것 같았다.

"어쩔 수 없군요. 이렇게 되면 필살의 폭렬마법으로 이 일대를……! 어라, 이 세상은 마력을 응축시키는 게 어려운 것 같네요. 당신들, 목숨 건진 줄 알아요."

"대, 대체 무슨 소리를 하는 거지? 경찰서로 가서 자세한 이야기를……."

"나, 나는 찔리는 짓은 안 했어! 『에이티엠』에 스틸을 써보자는 것도, 단순한 농담……!"

어쩌지…… 밖으로 나가기 싫어졌다.

바로 그때, 내 몸이 흐릿해지고 있다는 것을 눈치챘다.

"뭐, 뭐야?! 다, 당신들, 몸이……!"

집밖에서 경찰의 당황한 목소리가 들려왔다.

나는 책상 위의 메모지를 찢은 후 거기에 급히 글자를 적었다.

『당신 아들은 죽은 후에도 머나먼 곳에서 잘 지내고 있습니다. 그리고 이 돈은 받아주세요.』

메모 위에 에리스 금화가 가득 든 주머니를 놓아둔 순간, 눈앞이…….

4

"……어? 뭐야. 뚜껑을 열고 아무 일도 안 일어났잖아."

"어머, 진짜네. 뭐야. 재미없어."

우리는 저택 거실에 모여서 이세계에 가게 해준다는 상자를 열었는데…….

"이세계에서의 기억은 사라진다고 하던데, 어떻게 된 걸까요? 기억이 없으면, 진짜로 갔는지 알 수가 없잖아요."

우리가 고개를 갸웃거리고 있을 때 다크니스가 창밖을 쳐다보고 고함을 질렀다.

"아니?! 어이, 밖에 어두워졌다!"

그 말을 듣고 밖을 보니 상자를 열었을 때만 해도 점심 전이었는데 어느새 밤이 되어 있었다.

"그럼 일단 이세계에 가긴 한 걸까? 뭐, 나라면 임무를 완수했을 거야. 이야, 마음의 짐을 덜었네. 비싼 돈을 쓴 보람이……."

거기까지 말한 순간이었다.

나는 지갑이 가벼워졌다는 사실을 눈치챘다.

급히 지갑 안을 살펴보니—.

"어이, 에리스 금화가 하나도 없어!"

"건너편 세계의 돈으로 환금해서 써버린 거 아냐? 그럼 기억이 없는 게 좀 아쉽네. 그래도 맛있는 걸 먹은 것 같은 느낌이 들어! 분명 프랑스 요리 같은 걸 먹은 거야!"

아쿠아가 느긋한 목소리로 그렇게 떠들어대는 가운데…….

"……어? 왠지 카즈마의 중대한 비밀을 안 것 같은 느낌이 드네요……. 제 착각일까요?"

"나도 카즈마에게 물어봐야만 하는 것이 있는 느낌이 드는구나……. 그건 그렇고, 나는 이세계에서도 귀족 영애답게 행동했을까. 뭐, 걱정은 안 된다만……."

그런 두 사람의 이야기를 들으면서 나는 머리를 쥐어뜯었다……!

"젠장! 한 3년은 일 안 해도 될 줄 알았는데! 다들, 내일은 돈이 되는 퀘스트를 하러 가자!"

"어쩔 수 없네. 잘은 모르겠지만 기분이 참 좋아. 그러니 카즈마의 억지를 들어줄게!"

그렇게 말하며 즐거운 듯이 웃는 아쿠아의 허리 벨트에는—.

어디선가 본 적이 있는, 짝퉁 느낌 물씬 나는 키홀더가 달려 있었다.

이 가혹한 세계에 축복을!
찾아주세요.
아쿠아

1

그날…….

"저기, 카즈마. 이거 좀 봐~."

거실 소파에서 뒹굴뒹굴하던 내 곁에 상자를 든 아쿠아가 나타났다.

"옆집에서 감자를 나눠줬어. 자기를 습격한 야생 감자 무리를 해치우고 잡았대. 옆집 아저씨는 전직 모험가인가 봐! 감자를 이렇게 많이 잡다니, 참 대단하네!"

그런 영문 모를 소리를 한 아쿠아가 상자에 가득 들어 있는 감자를 희희낙락하며 보여줬다.

그렇다. 여기는 이세계.

"나, 이 세상의 채소가 딱 질색이야."

"편식하지 마. 애가 아니니까 채소도 먹어."

채소조차도 잡아먹히지 않으려고 필사적으로 저항하는, 매우 가혹하고 번변찮은 세계다.

"저기, 카즈마. 먹고 자기만 하는 백수가 활약할 흔치 않은 기회가 찾아왔어."

"먹고 자기만 하는 여신보다 활약이 많아서 참 기쁘네."

아쿠아가 받아온 감자는 버터 감자로 클래스 체인지를 하게 됐다.

그 직업 변경을 맡게 된 이는 요리 스킬을 지닌 나다.

"어이, 이 감자는 숨통이 제대로 끊긴 거야? 한창 요리 중에 깨물지는 않겠지?"

"감자를 대체 뭐라고 생각하는 거야? 채소가 깨물 리가 없잖아."

저 바보가 어이없다는 눈길로 나를 쳐다보니 굴욕감이 치밀어올랐지만 감자의 숨통이 제대로 끊겼다면 문제 될 것은 없다.

요리하면서 식재료의 기습을 경계해야 한다니 일본에서는 생각도 못 할일이다.

나는 감자의 껍질을 남겨둔 채 싹 부분을 식칼로—.

"아얏?! 아야야야야야! 이게 뭐야?! 더럽게 아프네!"

"너, 지금 뭐하는 거야! 감자를 맨손으로 만지면 위험하단 말이야!"

새파란 감자의 싹을 제거하려고 그 부분을 만졌더니, 격렬한 통증이 느껴졌다.

"어이, 제대로 숨통이 끊긴 감자라며!"

"숨통이 끊긴 거 맞거든? 그리고 감자의 싹에 독이 있는 것도 몰라?"

"알아! 그래서 싹을 제거하려고 한 거잖아!"

이래서 이세계는 골때린다니깐!

감자를 만졌을 뿐인데 이렇게 아플 줄은 몰랐다고!

“하아, 카즈마는 진짜 못 말려. 상식이 부족한 멍청이네. 자, 치료해줄 테니까 손을 내밀어봐.”

“나는 우리 파티 멤버 중에서 가장 상식적이라고 자부하거든?”

그것만은 양보할 수 없다고 항의한 나는 부어오른 손을 아쿠아에게 내밀었다.

“『세이크리드 하이니스 힐』! 『퓨리피케이션』! 『큐어 포이즌』! ……자, 이제 손을 깨끗하게 씻기만 하면 돼.”

“어이, 겨우 감자 싹을 만진 손을 치료하는데 그렇게 거창하게 마법을 써야 해? 그냥 내버려 뒀다면 나는 대체 어떻게 되는 거야?”

이 녀석이 이렇게 마법을 연이어 쓰는 건 드문 일이다.

마치 이 감자가 어마어마한 맹독을 지니기라도 한 것처럼…….

“……감자는 내가 요리할 테니까, 카즈마는 밖에 나가서 놀고 와. 아니면 정원에서 밭을 일구고 있는 메구밍을 돕는 게 어때?”

“어이, 그냥 내버려 뒀으면 죽었던 거 아냐?! 나, 감자한테 살해당할 뻔한 거야?! 저녁밥으로 감자를 내놔도 나는 안 먹을 거야!”

위험물의 요리를 아쿠아에게 맡긴 나는 정원으로 피난했다.

거기서는 낫을 든 메구밍이 무성하게 자란 잡초 앞에서 험악한 표정을 짓고 있었다.

"지금이야말로 우리가 자웅을 겨룰 때……. 때가 되었다! 자, 얼마든지 덤벼봐라!"

나는 중2병 대사를 늘어놓는 메구밍을 따뜻한 눈길로 쳐다보는 다크니스에게 말을 걸었다.

"어이, 다크니스. 저런 멍청한 놀이를 하게 두지 좀 마. 저 녀석은 우리 동료잖아? 이름이 이상한 건 어쩔 수 없지만, 바보짓 좀 하지 말라고 좀 꾸짖으란 말이야……."

나는 메구밍을 돕기 위해 밭으로 다가가면서, 한숨 섞인 목소리로 쓴소리를…….

"어이, 카즈마! 함부로 밭에 다가가지 마라!"

"뭐?"

쓴소리를 늘어놓던 내가 어리둥절한 반응을 보인 순간, 밭치에서 뭔가가 터졌다.

"끄아~! 눈이이이이이이이잇!!"

잡초가 터지면서 사방으로 터져나간 씨앗이 내 눈에 정통으로 꽂혔다.

"진짜 못 써먹을 남자네요! 불쑥 나타나서 뭐 하는 거예요?! 풀 베는 걸 방해하지 말라고요!"

메구밍은 두 눈을 감싸 쥔 채 지면을 굴러다니는 나를 향해 어이없다는 투로 그렇게 말했다.

"마을 안에 있는 밭이 느닷없이 폭발할 거라고 누가 상상이나 하겠냐고! 잡초 주제에 사람을 바보 취급하는 거냐! 제초제를 확 뿌려주마!!"

눈이 벌게진 나는 몸을 일으킨 뒤 그대로 달려들려고 했다.

메구밍이 그런 나를 허둥지둥 말렸다.

바로 그때, 다크니스가 왠지 기뻐 보이는 표정으로 밭에 다가왔고…….

내 발치의 지면이 부풀어 오르더니 힘차게 터졌다.

"으으으윽!! 으으으으으으으윽!!"

나는 양손으로 사타구니를 움켜쥔 채 지면을 굴러다녔고 다크니스는 그런 나를 향해 아쉬운 목소리로 말했다.

"눈앞에 있는 적을 매도하는 배짱은 대단하다만, 그런 건 파티의 방패 역할인 내가 할일이다. 남의 낙을 빼앗지 말아줬으면 좋겠는데 말이지……."

"허, 헛소리하지 마……. 나는 너 같은 마조히스트가 아냐……. 내가 좋아서 이런 일을 자초하는 것 같냐고……."

안전 지역까지 데굴데굴 굴러서 대피한 나는 기어들어가는 목소리로 중얼거렸다.

"코볼트한테 지거나 복어 먹고 죽을 뻔한 적도 있지만, 그래도 잡초 따위에게 패배하는 건 피하고 싶은데……."

눈과 사타구니라는 급소를 연속으로 공격당한 나는 비틀거리며 몸을 일으켰다.

메구밍이 내 말을 듣더니—.

"잡초 따위? 바보 같은 소리 하지 말아요. 밭의 비료를 갈구해 어디선가 불쑥 나타나고, 몸이 끊어지는 한이 있어도 뽑히지 않으려는 기개를 지녔으며, 마왕성의 벽 틈새에도 뿌리를 내리는 생명력을 지닌 게 이 녀석들이에요. 저는 본가가 가난해서 집 근처에 조그마한 밭을 일구려고 했는데, 어릴 적에는 이 잡초 때문에 몇 번이나 엉엉 울었다니까요. ……뭐, 이 잡초처럼 정확하게 급소를 노리지는 않았지만요."

"너도 참 힘들게 살았구나……."

이 세상의 생물은 생명력이 왕성하다.

그것은 생물에게 가혹한 이 세상에서 살아남기 위해 초목조차도 자신의 모든 것을 쥐어 짜내고 있기 때문이다.

"밭의 잡초한테 괴롭힘을 당했어."

"일본에서는 들을 일이 없는 말이네."

우리가 저택으로 돌아가 보니 아쿠아가 버터 감자를 안주

삼아 대낮부터 술을 마시고 있었다.

주정뱅이 여신과 중2병 마법사, 마조히스트 크루세이더, 그리고 잡초에게 패배한 나.

이 세상에 보내진 내 사명은 마왕을 토벌하는 것이지만 이 멤버로는 꿈도 못 꿀 것이다.

애초에 우리는 모험가를 자처하면서도 이 마을을 벗어난 적이 거의 없다.

아니, 모험을 하는 날보다 집에서 데굴거리며 시간을 보낸 날이 더 많은 느낌이 들었다.

평소 같으면 아무 생각 없이 데굴거리겠지만 오늘은 왠지 이런저런 생각이 들었다.

이대로는 안 된다, 모험가의 본분에 따라 세상을 어지럽히는 몬스터들을 제거해야 한다.

딱히 잡초한테 진 게 충격이라서 이러는 것이 아니고 설욕 삼아 몬스터를 괴롭히려는 것도 아니다.

이 세상에 온 직후의 그 두근거림이 생각났다.

이세계에 와서까지 백수 짓을 할 수는 없다.

“어이, 너희들. 좀 뜬금없지만…….”

그렇다.

“내일, 오랜만에 퀘스트를 하러 안 갈래?”

나는 이 세상을 모험하러 온 것이다.

—다음 날.

"자, 카즈마. 빨리 준비해서 가죠! 오늘은 모험하기 딱 좋은 날씨예요!"

"그래. 마치 오랜만에 퀘스트를 수행하려는 우리를 축복해주는 것처럼 쾌청하구나! 우리는 이미 준비를 마쳤다. 이제 아쿠아만 기다리면 돼!"

내가 느릿느릿한 걸음으로 거실에 나타나자 아침부터 텐션이 하늘을 찌를 듯한 두 사람이 현관 앞에서 그렇게 말했다.

아직도 잠옷 차림인 나는 가슴을 손으로 긁으면서 말했다.

"그냥 퀘스트는 다음에 하면 안 될까?"

""어?!""

이미 완전 무장을 마친 두 사람에게는 미안하지만 하룻밤 자고 나니까 어제의 패배 같은 건 아무래도 좋다는 생각이 들었다.

아니, 잡초한테 진 게 뭐가 그리 대수일까.

이해 자체가 안 되는 일이라 분통을 터뜨려야 할지 화를 내야 할지 분간도 안 됐다.

그러니 모험처럼 지치기만 하고 위험한 일을 서둘러 할 의욕이 사라졌다.

"자기가 하자고 해놓고 당일에 판을 깨는 거예요?! 저의 모험 의욕에 불을 붙여놓고, 이제 와서 없었던 일로 할 수 있을 것 같아요?!"

메구밍은 홍마족이란 명칭의 유래인 붉은 눈을 반짝이며 나에게 따졌다.

"맞는 말이다! 어제 밭에서 내 일을 방해해놓고, 오늘도 이렇게 한 방 먹이는 것이냐?! 나를 그만 가지고 놀아라!! 공격을 당하는 건 내 역할이란 말이다!"

"다크니스는 입 좀 다물어요!"

의욕이 넘치는 두 사람이 내부분열을 일으키기 시작했을 때 느긋한 목소리가 들려왔다.

"조은 아침~ 어머, 두 사람 다 그런 옷차림으로 뭐 하는 거야?"

나와 마찬가지로 잠옷 차림인 아쿠아가 하품을 하면서 나타났다.

"그걸 몰라서 묻는 거예요?! 아니, 그것보다 왜 아쿠아도 잠옷을 입고 있는 거죠?! 오늘은 퀘스트를 하러 가기로 했잖아요!"

메구밍이 호소하듯 그렇게 외쳤지만 아쿠아는 어리둥절한 표정으로 대꾸했다.

"그야 하루 지나면 카즈마가 의욕을 잃을 것 같았거든."

"역시 나와 가장 오래 함께 다닌 아쿠아는 뭘 좀 아네."

"이 두 사람은 정말……!"

메구밍은 격앙된 목소리로 그렇게 외쳤고 다크니스가 그녀에게 귓속말을 했다.

두 사람은 낮은 목소리로 숙덕거린 후 아쿠아를 응시하며—.

"아쿠아, 실은 현재 모험가 길드에서 고난도 퀘스트가 발행했나 봐요."

"……그게 어쨌다는 거야? 나는 이 백수만큼은 아니지만, 모험은 나중에 해도 된다고 생각해. 날씨가 이렇게 화창하잖아. 이런 날에는 피비린내 나는 퀘스트 말고 소풍이나 가자."

"내가 비교 대상이 된 게 좀 그렇지만, 너 치고는 괜찮은 아이디어인걸. 고기와 술을 준비해서 호수에나 가자. 거기서 메구밍한테 폭렬마법을 쏘라고 하는 거야. 그리고 생선을 잡아 바비큐해서 먹는 거지."

아쿠아는 내 말을 듣고 환한 표정을 짓더니 희희낙락하며 소풍 준비를 하기 시작했다.

하지만 다크니스가 그런 아쿠아를 향해 환한 목소리로 이렇게 말했다.

"일단 내 말을 끝까지 들어봐라, 아쿠아. 길드에서 발행한 고난도 의뢰는 좀 특수하거든. ……실은 이 마을 인근의 숲에서, 평범한 프리스트가 어찌할 수 없을 만큼 강력한 고스트가 나타난다는 것 같다."

—모험가 길드로 향한 우리는 아쿠아에게 재촉을 당하며 접수 카운터로 향했다.

"하아. 이 마을의 프리스트는 못 말린다니깐! 고스트 따위한테 지면 어떻게 해! 뭐, 어쩔 수 없기는 해. 이 마을의 프리스트는 대부분 에리스 교도잖아!"

악마와 언데드를 눈엣가시로 여기는 이 여신은 바비큐보다 본능을 우선한 것 같았다.

"어이~ 그만 고스트는 내버려두자~. 호수에 가서 바비큐를 하는 게 훨씬 재미있을 거야~."

"이제 그만 포기해요, 카즈마. 아쿠아가 의욕을 내고 있으니, 3대 1이거든요? 다수결로 졌으니까 같이 고스트를 퇴치하러 가죠."

여전히 저항하려 하는 나를 놓치지 않겠다는 듯 메구밍이 내 옷자락을 한사코 놓지 않았다.

다크니스는 그런 나를 향해 쓴웃음을 짓더니—.

"본심을 털어놓자면, 고스트는 물리 공격을 하지 않아서 재미가 없다만……. 나도 신을 모시는 크루세이더다. 방황하는 영혼을 구제해주고 싶구나. 카즈마도 때로는 선행을 하는 게 어떠냐?"

상냥한 미소를 머금으며 어린이를 달래는 듯한 어조로 그렇게 말했다.

"도리에서 벗어난 마조히스트 크루세이더를 안 버리는 것만으로도, 선행을 충분히 하고 있거든?"

"이, 이놈이……!"

내가 다크니스를 달래는 사이 아쿠아가 의뢰를 받아온 것 같았다.

아쿠아는 퀘스트 내용이 적힌 종이를 의기양양하게 보여줬다.

"액셀 마을 인근의 숲에서 강력한 고스트가 출현한대. 보수는 30만 에리스라네! 숲에 들어가서 산나물 채집을 하는 아저씨들을 괴롭히나 봐!"

"……아하. 고스트의 출현 장소와 행동은 자기 죽음과 깊이 연관되어 있다고 들었어요. 그 고스트는 산나물 채집을 하다 역습을 당해 원통한 최후를 맞이한 걸지도 모르겠네요."

그건 정말 원통할 것 같다.

산나물한테 살해당한다면 나도 고스트가 될 자신이 있다.

"자! 가자, 카즈마! 그리고 방황하는 아이들을 이끌어주는 여신다운 일을 할래. 안 그러면 내 본업이 뭔지 까먹을 것 같아."

"네 본업은 나와 마찬가지로 백수잖아. ……어, 어이, 그만해! 엄연한 사실이잖아! 내 목을 조르지 마!"

2

액셀 근처에 펼쳐진 숲속.

마을 사람들이 약초와 산나물을 채집할 수 있도록 이 인근의 몬스터는 정기적으로 제거되기 때문에 웬만해서는 습격을 당할 일이 없다.

그러니 게임에서 흔히 나오는 약초 채집 퀘스트 같은 의뢰가 발생하지 않는 게 아쉬운 점이다.

그리고 우리는 현재, 몬스터가 거의 없는 숲속에서—.

"우에에에엥~! 왜 항상 나만 이렇게 쫓기는 거야?! 평소 행실은 나쁘지 않은데! 나, 여신 겸 아크 프리스트인데~!!"

사슴처럼 생긴 몬스터 무리에게 쫓기고 있었다.

"네가 괜한 소리를 하니까 이렇게 된 거잖아! 내 잠복 스킬 덕분에 저 녀석들에게 안 들켰는데, 왜 돌을 던진 거냐고!"

"그야 사슴 고기잖아?! 사슴 고기를 맛보게 해주겠다고 하면, 개구리 고기에 질린 모험가들이 퀘스트를 내팽개치고 몰려들거든?! 길드 사람들에게 먹여주고 싶었어! 그래서 칭찬받고 싶었단 말이야!"

사슴 무리에게 쫓기는 아쿠아가 쇠고기에 질린 미국인 같은 소리를 늘어놨다.

이 녀석은 사고를 안 치면 죽는 병에 걸린 걸까.

"카즈마, 어떻게 하죠?! 제가 폭렬마법으로 쓸어버릴까요?!"

그런 와중에 메구밍이 아쿠아를 쫓는 사슴을 향해 지팡이를 들었다.

"기다려, 메구밍. 하루에 한방만 쓸 수 있는 네 마법을 이렇게 허비하는 건 아깝잖아. 어이, 다크니스!"

"나만 믿어라! 내가 아쿠아를 대신해 저 흉포한 짐승들에게 유린당하면 되는 거지?!"

"그걸 부탁하려던 거긴 하지만, 그래도 말 좀 순화해서 해!"

근처 나무에 올라간 내가 활에 화살을 걸자 다크니스가 기쁨에 찬 목소리로 스킬을 외쳤다.

"『디코이』—!!"

이제까지 아쿠아를 쫓아가던 사슴들이 일제히 다크니스를 노리기 시작했다.

"카즈마, 어쩌면 좋지? 짐승들이 굶주린 눈길로 나를 쳐다보고 있다!"

"알았으니까, 잠시만 시간을 벌어! 금방 저격으로 해치우겠어!"

"무슨 소리를 하는 것이냐! 허둥대며 서두르지 말고 천천히 쓰러뜨려라! 돌이킬 수 없는 지경에 이르기 직전이 딱 좋겠구나!"

"너, 지금 무슨 소리를 하는 거야?"

너는 이미 여러 의미에서 돌이킬 수 없는 지경에 이르렀다고.

"이거나 받아라! 저격!!"

내가 화살을 날릴 때마다 히잉 하는 새된 울음소리를 내며 사슴이 쓰러졌다.

어제는 잡초 따위에게 고전했지만 이게 내 진짜 실력이다.

제대로 준비한 상황에서 방심만 하지 않는다면 나는 충분히 강하단 말이다.

그도 그럴게 나는 마왕군 간부와도 싸웠…….

"카즈마, 사슴이 공격 태세에 들어갔어요! 나무를 꼭 잡고 버티세요! 안 그러면 또 죽을 거예요!"

"뭐? ……어엇?! 뭐 하는 거야?! 어이, 이 녀석들이 지금 뭐 하는 거냐고!!"

동료를 잃은 사슴이 내가 올라간 나무를 향해 뿔을 내밀고 돌격했다.

일전에 임금님 러너라 불리는 몬스터를 나무 위에서 저격했을 때 비슷한 상황에 부닥쳤던 나는 나무에서 떨어져서 죽은 적이 있다.

나는 필사적으로 나무에 매달려 외쳤다.

"다크니스, 살려줘~!"

"어제도 그렇고 오늘도 그렇고, 너는 왜 내 일을 방해하기만 하는 것이냐! 잠시 후면 짐승 냄새 풀풀 풍기는 놈들이 나한테 달려들 거란 말이다!"

젠장, 정말 도움이 안 되는 마조히스트네!

그러는 사이에도 사슴들이 나무에 돌격을 감행하고 있었다.

손바닥이 땀으로 흥건해! 이대로 있다간 떨어지고 말 거야!

젠장, 아쿠아가 소생을 시켜줄 수 있다고 해도 더는 죽고 싶지 않다.

그러고 보니 나는 항상 변변찮은 죽음을 맞이하네! 코볼트한테 맞아 죽거나, 나무에서 떨어져 죽었잖아!

바로 그때였다.

『ΩΔΛΣ! ββΣ? ΛΦγΨ!』

내 머릿속에 정체불명의 소리가 들려왔다.

그것이 주위에 전해지자 난동을 부리던 사슴들이 일제히 도망쳤다.

여전히 나무에 매달려 있는 내 눈앞에, 녹색 머리카락을 지닌 미소녀가 나타났다.

『γΘΨγ?』

그 소녀는 나무줄기에서 반투명한 상반신을 쑥 내밀더니 미소를 머금으며 정체불명의 언어로 나에게 말을 건넸다.

무슨 말을 하는 건지는 모르겠지 이 애가 토벌 목표인 고스트인 걸까?

"혹시 나를 구해준 거야?"

이 애의 목소리가 들린 순간, 사슴 타입의 몬스터가 도망쳤다.

그렇다면 이 고스트는 나쁜 혼령이 아닐지도 모른다.

『ΛΛΨΛ! Δα? βΨβΨ?』

역시 무슨 말을 하는 건지 모르겠지만, 환한 미소를 짓고 있는 그 모습은 악령과 거리가 멀어 보였다.

"아무래도 네가 나를 구해줬구나. 내 이름은 사토 카즈마. 우선 고맙다는 말부터 할게."

그렇게 말하며 악수를 청하듯 손을 내밀자 미소녀는 배시시 웃으며—.

『ζβ§Δ. ΨγΛΛ.』

“내 부하들한테 당할 뻔한 패배자 주제에, 함부로 내 몸에 손대지 마, 라고 하네.”

나는 아쿠아의 의역을 듣고 굳어버렸다.

“……어이, 다시 말해봐.”

“내 부하들한테 당할 뻔한 패배자 주제에, 함부로 내 몸에 손대지 마, 라고 말했어.”

“안 들렸던 게 아니거든?! 어, 잠깐만 있어 봐. 이 애가 그런 말을 한 거야? 거짓말이지? 그것보다, 너는 고스트의 말도 알아듣는 거야?!”

나는 불안정한 나무에서 내려오자마자 아쿠아에게 물었다.

“이 애는 고스트가 아냐. 드라이어드라고 하는, 숲과 식물의 정령이야.”

맙소사.

그러고 보니 이 녀석은 정령의 말을 알아들을 수 있었지.

그렇다면 재가 진짜로 아까 같은 말을 한 건가…….

“뭐, 뭐어, 입은 좀 험해도 나를 구해준 건 고마워. 그대로 있다간 사슴처럼 생긴 몬스터에게 당했을지도 모르거든.”

『Σ? Ψ§ΔΛ§β.』

“무슨 소리를 하는 거야? 저건 몬스터가 아니라 평범한 사슴이야. 식물의 적인 나쁜 짐승이거든? 내 부하도 아니고 평범한 사슴한테 지다니……, 라고 하네."

이 녀석, 사람 짜증나게 하는 재주가 있는걸!

"아니, 그러면 아까 그건 몬스터가 아니라 야생동물이었던 거구나. 왠지 자신감이 없어져……."

어제에 이어, 몬스터가 아닌 생물에게 또 패배했다.

피난했던 메구밍이 의기소침한 나를 신경 쓰면서 드라이어드 앞에 섰다.

"혹시 이 애가 토벌 대상인 고스트 아닐까요? 평범한 사람이 보기에는 고스트와 분간이 안 될 테니까요."

『φЛΣΣ. ζЛ? ΦД.』

"거기 있는 조그마한 애는 말조심 해. 내가 고스트? 그 빨간 눈은 유리구슬인가 보네……. 아야야, 내가 한 말이 아니라 쟤가 한 말이야!"

아쿠아는 메구밍에게 두들겨 맞으면서도 드라이어드를 쳐다보며 고개를 갸웃거렸다.

"그런데, 너는 여기서 뭘 하는 거야? 우리는 산나물 채집을 하는 아저씨들의 일을 방해하는 고스트를 토벌하라는 의뢰를 받고 온 거야."

『ШΘβπΓ! ΦДαΛΛΔ!!』

"나, 나는 모르는 일이거든?! 인간도 안 먹으면 굶어 죽잖아! 그러니 어쩔 수 없단 말이야!"

드라이어드가 갑자기 발끈해서 아쿠아는 쩔쩔매며 그렇게 말했다.

"아쿠아, 그녀는 뭘 호소하고 있는 거지? 드라이어드는 온화하고 상냥한 성질을 지녔다고 들었다. 이 일대를 다스리는 영주의 딸로서, 내가 할 수 있는 일이 있다면 뭐든 하마."

"그게, 산나물도 살아있는 생물이니 채집하러 오지 마, 다음에 또 오면 비료로 만들어서 숲에 뿌려버릴 거야, 식물한테도 살 권리가 있단 말이야! 하며 화를 내고 있어."

확실히 채소와 산나물도 먹히고 싶지는 않겠지만…….

"하지만 저희도 과일만 먹고 살 수는 없잖아요."

"나도 주민들에게 농사를 관두라는 말을 할 수 없다만……."

그건 그래.

『ËЛ! πφγΨγγ.』

"처음부터 무리라고 단정짓지 마. 너희도 광합성을 해보는 게 어때? 아니면 흙에 묻혀 보는 거야. 이 근처는 영양분이 풍부하니까, 초보자라도 가능할지도 몰라, 라고 하네."

"가능하기는 무슨. 대체 어디서 영양분을 얻으라는 건데?"

하지만 곤란하게 됐다.

일단 도움을 받기는 했고 상대는 토벌 대상인 고스트가 아니다.

하지만 이대로 뒀다가 산나물을 채집하는 아저씨들이 비료가 되게 할 수는 없는데…….

“애초에 왜 이 숲에 느닷없이 드라이어드가 나타난 거지? 최근까지는 이런 일이 없었다만…….”

“그것도 그러네요. 산나물 채집 같은 건 옛날부터 해왔을 테고요.”

다크니스와 메구밍이 고민에 잠기자 드라이어드가 미소를 지었다.

『ΓΠεБζДα…….』

“바람의 정령에게 들었는데, 이 마을 어딘가에 있는 밭의 애들이 마력이 풍부하고 맛있는 물을 마시나 봐. 그걸 맛보려고 온 건데…….”

“좋아. 아쿠아, 이리 좀 와봐. 잔말 말고 이쪽으로 와보라고.”

나는 통역을 해주던 아쿠아를 끌고 드라이어드에게서 떨어진 곳으로 이동했다.

“저건 너 때문에 여기에 온 거야. 맛있는 물이라는 건, 네가 만들어내는 물이 분명해. 재가 말한 이 마을의 밭도, 우리 정원의 밭을 말하는 거라고.”

아쿠아는 내 말을 듣고 잠시 눈을 감고 있다가 곧 상냥한 미소를 머금었다.

“……저기, 카즈마. 물의 여신으로서 이보다 기쁜 일은 없어. 내 소문을 듣고, 일부러 먼 곳에서 찾아와준 거잖아. ……그러니까 오늘은 그냥 의뢰 실패인 걸로 하고 호수에 가서 바비큐나 하자.”

"헛소리 하지 말라고, 이 사사건건 문제만 일으키는 사고뭉치야! 저걸 어떻게 할 건데?! 이대로 있다간 산나물을 먹을 수 없잖아! 네가 책임지고 쫓아내!"

하아, 또냐!

이번 사건도 내 동료 때문에 벌어진 거냐고!

"하지만, 어쩔 수 없잖아! 나는 물의 여신이거든? 내가 만드는 물에 마력이 풍부한 것도, 맛있는 것도, 깨끗하고 신성하며 찬란히 빛나는 것도 당연한 일이야! 거기에 낚여서 찾아온 저 애를 함부로 대하는 건 무리거든?!"

"잔말 말고 쫓아내기나 해! 너 때문에 쟤가 이 숲에 왔다는 게 길드에 알려지면, 또 손해배상을 청구 당할 거라고!"

나와 아쿠아가 떠들어대는 사이, 드라이어드가 다크니스에게 뭔가를 부탁했다.

드라이어드는 온화한 표정으로 뭔가를 호소하고 있었다.

그 모습에 감화된 듯한 다크니스가 아쿠아를 돌아보았다.

"아쿠아, 그녀가 무슨 말을 하는 건지 통역해주지 않겠느냐? 숲의 처녀 드라이어드의 부탁인 만큼, 최대한 들어주고 싶구나."

그 말을 들은 아쿠아가 잘됐다는 듯이 드라이어드의 곁으로 가더니 무슨 말을 듣고 고개를 연신 끄덕인 후에 이렇게 말했다.

"이제까지 자기 아이들이 채집 당했으니, 사과의 의미로 신선한 비료를 달라고 하네."

"비료인가. 그런 거라면 좋다. 기다리고 있어라. 지금 바로 마을에 가서……."

다크니스가 말을 이으려던 순간, 드라이어드는 고개를 저었다.

『ДαДζ? βπφД.』

"비료를 준다고 했으면서, 어디 가는 거야? 라네."

"……음? 아니, 그러니까 마을에 가서 비료를 가져오려는 건데……."

다크니스가 의아한 표정을 짓자 드라이어드는 근처 수풀을 손가락으로 가리켰다.

『βπφ, ΠεБζΛ.』

"……이건 내가 한 말이 아니라, 이 드라이어드가 한 말이거든? ……저기 수풀에 가서, 실례를……."

"뭐, 뭘 실례하라는 것이냐?! 처녀한테 뭘 시키려는 거냔 말이다!!"

드라이어드가 귀까지 벌게진 다크니스에게 따지기 시작했다.

『ΛφΔΛ! ΔΛΔΛΔζ!』

"뭐든 한다고 했으면서! 영주의 딸로서 뭐든 하겠다고 했으면서! 이 거짓말쟁이! 하고 화내네."

"그그, 그런 말을 하긴 했지만……! 귀족의 딸이 야외에서 그런……!"

"그런…… 뭔데? 어이, 자세하게 설명해봐."

"이 자식!"

드라이어드가 금방이라도 울음을 터뜨릴 것 같은 다크니스를 손가락으로 가리킨 후—.

『ζΔφ, Д…….』

"자세하게 설명할 필요 없어! 그것보다 나한테 무슨 말을 시키려는 거야?!"

아쿠아는 말을 끊으려는 듯 나무줄기를 손바닥으로 때리기 시작했다.

드라이어드는 대체 무슨 말을 한 것일까.

"그냥 이 드라이어드를 확 없애버리는 편이 좋지 않을까요?"

"나도 그런 생각이 좀 들어."

이런데도 몬스터로 분류되지 않는 만큼, 안락 소녀보다 질이 더 나쁠지도 모른다.

드라이어드는 불만을 표시하듯 어깨를 으쓱하고 나를 손가락으로 가리켰다.

『φД, Λ§γ.』

"어쩔 수 없네. 저기 있는 패배자가 비료를 가져와. 서둘러. 뛰어가."

"어이, 아까부터 네가 말한 그 패배자는 역시 나를 말하는 거지? 나보고 심부름을 하라는 거냐? 어제는 잡초한테 당한 건 줄 알았는데, 실은 네가 그 잡초를 조종한 거지?!"

이 녀석이 나를 패배자라고 부르는 건 내가 자신의 권속인 잡초에게 졌기 때문이다.

어떻게 이 녀석이 그걸 아는지 의아했는데, 지금 생각해보니 잡초가 내 급소만 정확하게 노린 게 이상했다.

그래. 이 녀석은 식물의 우두머리 격이잖아.

그렇다면 이 녀석을 상대로 어제 일을 설욕하도록 할까.

“어이, 메구밍. 네 폭렬마법은 정령한테도 효과가 있지? 이 녀석을 확 날려버리고 돌아가자.”

“예, 그렇게 하죠. 정령 슬레이어라는 칭호를 얻을 기회네요. 기쁜 마음으로 할게요!”

바로 그때였다.

내가 메구밍을 부추기고 있을 때 숲속에서 새된 소리가 들려왔다.

그것은 아까 들었던 피리 소리와 흡사한 울음소리였다…….

“어이, 아까 그 사슴이 돌아오는 거 아냐? 소리를 들어보면 숫자가 꽤 많아 보이는데, 괜찮은 거야?”

불길한 느낌이 든 내가 드라이어드에게 물어봤지만—.

“너라면 아까처럼 쫓아낼 수 있지? 응? 가능하잖아?”

또 일이 평소처럼 굴러가고 있다는 걸 느낀 아쿠아가 불안한 어조로 물어본 후—.

『ΨΓΠβ. ΛφДπ……. φД! γΛШφ§!』

드라이어드의 대답을 듣자마자 그대로 줄행랑을 치기 시

작했다.

“기다려! 혼자만 도망치지 말라고! 어떻게 된 건지 설명부터 해!”

“이 드라이어드는 이 숲에 사는 사슴의 보스와 항상 다투고 있대! 그리고, 지금 이쪽으로 오는 건 그 보스가 틀림없나 봐! 이번에야말로 자웅을 겨룰 때……. 때가 되었다! 자, 얼마든지 덤벼봐라! 라고……”

“후반부의 대사는 어제, 어디 사는 누구누구 씨가 했던 말이네! 역시 너는 우리 밭과 연결되어 있지?! 그렇게 비료가 필요하면 다크니스를 대신해 내가 주겠어! 나를 무시하지 말라고! 확 사방팔방에 뿌려주마!”

“카즈마, 바보 같은 짓을 할 때가 아니에요! 근처까지 다가왔단 말이에요!”

메구밍이 바지의 지퍼를 내리는 나를 흔들어댔다.

“삐이이이이이—!!!!!!”

피리 소리 같은 울음이 땅울림과 함께 주위를 뒤덮은 가운데…….

“이렇게 무수한 짐승 무리가 나타날 줄이야! 좋다, 내가 전부 받아주마! 후하하하하핫! 덤벼라~!”

다크니스는 기뻐하며 짐승 무리를 막아섰다.

3

"우에에에에엥~! 카즈마 씨~, 카즈마 씨~!"

"자, 빨리 올라와! 드라이어드 나무를 기어 올라가자고!"

"카, 카즈마, 다크니스가 큰일났어요……!"

나무를 올라간 나와 메구밍은 아쿠아를 끌어올렸다.

다크니스는 홀로 지상에 남더니 사슴에게 박치기를 맞으면서도 대검을 휘두르며 기뻐하고 있었다.

그 옆에서는 식물의 덩굴이 뻗어 나와 사슴이 꼼짝도 못 하도록 휘감고 있었다.

다크니스는 드라이어드에게 엄호를 받고 있지만 공격이 전혀 명중하지 않았다.

상상을 초월할 정도로 뛰어난 방어력과 낮은 명중률을 지닌 다크니스는 방어에 있어서는 완벽하지만 공격 계열 스킬은 가지고 있지 않아서 화력 면은 전혀 도움이 되지 않았다.

"나는 저격으로 숫자를 줄이겠어. 아쿠아는 다크니스에게 지원 마법을 걸어! 메구밍은……."

"폭렬마법이죠? 폭렬마법을 준비하라는 거죠? 저한테 맡겨주세요. 이 일대를 잿더미로 만들어버리겠어요!"

『εБζΛγΔ!』

"조그마한 애가 위험한 마법을 영창하지 못 하게 해! 라며 난리를 피우네. 저기, 서두르지 않았다간 다크니스가……!"

고개를 돌려보니 몸집이 거대한 보스 사슴의 공격을 받아내던 다크니스의 갑옷 연결부가 부서지기 시작했다.

이 세상의 생물은 튼튼할 뿐만 아니라 머리도 좋다.

공격이 통하지 않으면 급소를 노리고 갑옷도 벗기려 든다.

"머, 멈춰라! 이러지 말란 말이다! 카즈마, 좀 도와다오! 대미지는 없다만, 이대로 가다간 다른 의미에서 위험해질지도……!"

"알았다, 알았어. 아슬아슬한 순간까지 기다리면 되는 거지? 네 성적 취향은 이해하고 있어."

"뭘 이해한다는 거냐! 이건 내가 바라는 것과는 다르단 말이다! 도와다오!"

갑옷이 벗겨지는 게 싫은 건지 다크니스의 표정이 초조해졌다.

어쩔 수 없지. 이대로 계속 구경하고 싶은 심정이지만……!

"아쿠아, 나한테 마법을 걸어줘. 성대모사가 능숙해지는 그 편리한 녀석 말이야."

"그건 상관없는데……. 아하, 알았다! 다크니스의 목소리를 흉내내서 실황 중계를 하며 즐기려는 거구나! 위기에 처한 귀족 아가씨를 연기하는 거네. 나도 해보고 싶어."

"그것도 재미있겠지만, 그랬다간 나중에 앙갚음을 당할 거야. 성대모사 마법으로 내가 뭘 하려는 건지는 이제부터 똑똑히 보여주겠어!"

저격으로 사슴의 숫자를 줄이는 가운데……!

“『버서틀 엔터테이너』!”

아쿠아가 마법을 걸어주자 나는 보스 사슴의 목소리를 흉내 냈다.

“삐이이이이이이이이이이잇!”

그것을 들은 사슴 무리가 나를 쳐다보았다.

“어때? 사슴의 주의를 다크니스에게서 내 쪽으로 돌리는 작전이야. 이렇게 해서 시간을 번 동안, 메구밍이 마법을 완성시키면……!”

“저기, 카즈마. 너, 사슴 말을 할 줄 알아? 쟤들, 무시무시한 눈길로 이쪽을 쳐다보고 있거든?”

아쿠아는 으스대는 내 어깨를 잡고 흔들어대면서 그렇게 말했다.

고개를 돌려보니 사슴 무리는 발치의 지면을 걷어차며 돌격 태세에 들어가 있었다.

어, 큰일 났다. 내가 대체 무슨 말을 한 걸까.

발음에 문제가 있었나?!

내가 또 사슴 목소리를 흉내 내자—.

“삐이이이잇! 삐야아아아아아아앗!”

“저기, 더 화내는 것 같거든?! 부탁이니까 쓸데없는 소리 좀 하지 마!”

“미안해, 내가 잘못했어! 그것보다 너는 정령의 말은 알아들으면서, 왜 사슴 말은 못 알아듣는 거냐고!”

우리가 노발대발하는 사이, 돌격 준비를 마친 사슴이 달려왔다.
큰일 났다!
“이대로 있다간 나무에서 떨어질 거야! 아쿠아, 메구밍, 뛰어내리자!”
나는 그렇게 외친 뒤 두 사람의 목덜미를 잡고 몸을 날렸다.
그와 동시에 마법 영창을 마친 메구밍이 공중에서 사슴 무리를 향해 지팡이를 내밀어—.
“『익스플로전』——!!!!!!!”
“이 타이밍에 쓰면 어떻게 해애애애애앳!”
주위 일대가 붉은 폭염에 휩싸였다!

나는 모험가 길드의 카운터에서 직원 누님이 내민 돈을 받았다.
“그럼, 산나물 채집을 방해하는 고스트 토벌 의뢰를 완료하느라 수고하셨어요. 좀 특수한 형태로 해결하기는 했지만 수고 많으셨어요, 사토 씨!”
메구밍이 날린 폭렬마법은 다크니스에게서 떨어진 사슴 무리와 함께 주위의 나무도 쓸어버렸다.
그 바람에 발끈한 드라이어드는 우리와 제2라운드에 돌입하려 했지만—.
“저기, 카즈마. 이번 의뢰의 보수 말인데, 내 몫이 너무 적은 거 아냐?"

공평하게 나눈 보수를 넘겨받은 아쿠아가 그렇게 중얼거렸다.

분노에 사로잡힌 드라이어드를 설득하기 위해 내가 제시한 조건은 이랬다.

"아쿠아가 불러들인 드라이어드잖아요? 때때로 물을 주러 가는 것 정도는 괜찮지 않나요? 대신 수명이 다한 산나물을 나눠주기로 했잖아요."

"역시 석연치 않아. 결국 내가 열심히 물을 주고, 산나물을 받아와야 하는 거지? 나, 산나물을 채집하는 아저씨들의 잔심부름꾼 같은 거 아냐?"

뭐, 이런 식으로 정리됐다.

수명이 다한 산나물도 들어본 적 없는 말이지만 이제 와서 그런 것을 신경 쓰는 것도 이상할 것이다.

채소가 하늘을 날아다니고 새끼 고양이가 불을 뿜는 세상이니까 말이다.

"하아……. 이번 의뢰는 엄청났다……. 짐승 냄새 풀풀 풍기는 굶주린 수컷들이 내 갑옷을 벗기려고 했지……. 게다가 숲의 정령에게 성희롱 발언을 듣고……. 마지막에는 메구밍의 절묘한 폭렬마법을 맞고 지면을 굴러다니기까지 했으니 말이다……!!"

불만이 넘치는 아쿠아와 달리, 다크니스는 만족한 것 같아 다행이다.

"저도 오랜만에 다수의 적에게 마법을 써서 만족했어요. 오늘은 기분이 참 개운하네요."

아니, 만족한 사람은 한 명 더 있다.

마력이 바닥난 메구밍이 다크니스에게 업힌 채 축 늘어져 있었다.

그렇다. 내가 오게 된 이 세상은 길바닥의 잡초조차 자기주장을 하는 가혹한 세계다.

하늘을 나는 양배추와 거대한 개구리.

게다가 마왕과 드래곤까지…….

"카즈마, 카즈마."

다크니스에게 업힌 메구밍이 축 늘어진 채 만족한 목소리로 말했다.

"내일도, 다 함께 모험을 해요."

나는 일본에서 살던 시절에는 은둔형 외톨이 오타쿠였지만—.

다시 태어난 이 세상에서도 은둔형 외톨이가 되자고 결심했다.

백호에게 가호를!

1

모험가 길드의 구석에서 늦은 점심을 먹고 있을 때였다.

"백호(白虎)?"

먼저 식사를 마친 나는 식후의 커피를 홀짝이며 그렇게 중얼거렸다.

"백호가 아니라 화이트 타이거예요."

"아니, 그러니까 백호 맞잖아."

이 세상의 몬스터는 하나같이 이름을 대충 지은 것 같았다.

겨울의 정령에는 일본인이 동장군이란 이름을 붙였고, 달려라 매솔개 같은 어처구니없는 이름이 붙은 불쌍한 몬스터도 있다.

화이트 울프란 이름의 몬스터는 일부 모험가들이 백랑(白狼)이라 부르기도 했다.

우리가 왜 이런 이야기를 하냐면…….

"백호라고 부르면 강력한 보스 같으니까, 그렇게 부르지 마세요. 화이트 타이거가 조무래기 느낌이 나서 그나마 싸우기 쉬울 것 같단 말이에요."

"이름 같은 건 아무래도 상관없거든? 애초에 그런 녀석과는 싸우고 싶지 않다고."

메구밍은 뭔가가 적힌 수배서를 손에 들고 있었다.

그것은 거물 현상금 몬스터, 『백호』의 수배서였다.

토벌 상금은 2억 에리스나 됐다. 평범한 호랑이에게 붙을 금액이 아니었다.

"어차피 그 녀석 말고도 커다란 거북이나 푸른 드래곤 같은 것도 있지? 이 녀석들은 동서남북을 수호하는 초거물 현상금 몬스터인 거 아냐?"

"카즈마도 꽤 박식하네요. 그 커다란 거북이는 보물섬을 말하는 거죠? 이 인근의 땅속 깊은 곳에는 보물과 희소 광석이 등껍질에 잔뜩 붙은 커다란 거북이가 잠들어 있는데, 수십 년에 한 번꼴로 일광욕을 하기 위해 지상에 모습을 드러낸다고 해요."

판타지 게임의 정석을 대충 말해봤을 뿐인데 진짜인 거냐.

"그리고 이 화이트 타이거도 평소에는 이 마을의 서쪽에 펼쳐진 산속에서 조용히 사는데, 요즘 들어 이 인근에서 목격정보가 줄을 잇고 있대요."

그게 뭐 어쨌다는 걸까.

"나는 퇴치 자체에 반대하지는 않는다만……. 그래도 백호가 인간에게 해를 가했다는 보고를 받은 적은 없다. 실제로 만나본 다음, 토벌할지 말지 결정하는 건 어떨까? 백호는 아름다운 모피 때문에 거액의 상금이 걸려있지. 하지만 움직임이 너무 빨라서 아직 누구도 포획에 성공하지 못했다고 한다."

우아하게 홍차를 마시던 다크니스는 다소 흥미가 있는 태도를 보였다.

"나는 반대야. 아무리 돈이 궁하다고 해도, 나는 긍지 높은 모험가라고. 다크니스의 말을 들어보니 인간에게 해를 끼치지는 않는다며? 일부러 확인해볼 필요도 없어. 몬스터라도 무해한 생물을 죽이는 건 내 신념에 어긋나거든. 그러니 저택에 돌아가서 낮잠이나 잘래."

"나도 내키지 않네. 백호는 말이지? 몬스터가 아니라 성수(聖獸)라고 불리는 존재야. 넓은 시야에서 본다면, 신의 종복 같은 거지. 그런 애를 상처입힐 수는 없어. 그러니 나도 저택에 돌아가서 난로 앞에 앉아 술이나 마실래."

"카즈마는 얼마 전에 눈의 정령 토벌에 혈안이 됐으면서, 이제 와서 무슨 소리를 하는 거예요?! 아쿠아도 이럴 때만 성직자 행세하지 마세요! 2억이에요, 2억! 빚을 한꺼번에 청산할 수 있다고요!"

나와 아쿠아가 퀘스트를 거부하자 메구밍이 수배서를 우리에게 내밀며 그렇게 외쳤다.

하지만 말이지…….

"너, 잘 생각해봐. 우리는 개구리도 제대로 상대하지 못하는 파티거든? 그런 우리가 백호 같은 보스급의 상대한테 이길 수 있을 리 없잖아!"

백호는 게임이나 만화 같은 데서 거의 끝에 가서야 나오는 거물이다.

실수로라도 모험 초보자인 우리가 싸워도 될 상대가 아니다.

"거기에 대해선 생각이 있어요. 화이트 타이거는 일반적인 호랑이보다 몸집이 크다고 해요. 움직임이 재빨라서 아무도 공격을 성공시키지 못했지만, 표적이 거대하다면 이야기는 다르죠. 광범위 타입인 저의 마법이라면, 웬만큼 잽싸서는 피할 수 없어요."

다크니스는 그 말을 듣더니 턱에 손을 대고 생각에 잠겼다.

"……흠. 아무리 크다고 해도 상대는 호랑이지. 단단한 외피를 지닌 것도 아니다. 메구밍의 마법이 정통으로 명중한다면, 아마 쓰러뜨릴 수 있을 거다."

뭐, 폭렬마법의 위력은 알고 있지만…….

백호의 공격을 다크니스가 버텨내는 사이, 메구밍이 마법을 명중시킨다면 이길 수 있을까?

상대는 2억짜리 현상범이다. 그 정도 금액이면 우리가 진 빚을 청산하고도 남을 것이다.

"으음, 하지만 말이야……. 2억……. 2억이라……."

"하아, 이래서 생각이 물러터진 애들은 문제라니까. 나는 안 갈 거야. 성수를 해치우겠다니, 머릿속이 어떻게 되어 먹은 거야? 메구밍과 다크니스도, 돈에 환장한 이 심약한 애를 나쁜 길로 유혹하지 마!"

나를 빚더미에 앉힌 장본인이 평소와 달리 진지한 표정으로 그렇게 말했다.

2

"흑…… 흐흑……. 싫다고 했는데……. 나, 싫다고 했는데……."

"나도 솔직하게 말하자면 싫어. 하지만 어쩔 수 없잖아. 누구누구 씨 때문에 떠안은 빚을 빨리 청산하고 싶단 말이야."

우리를 계속 칭얼거리는 아쿠아를 질질 끌고 액셀 서쪽에 펼쳐진 산의 기슭에 도착했다.

초목이 우거진 산을 올려다본 메구밍이 아쿠아에게 타협안을 제시했다.

"뭐, 실제로 싸워봐서 도저히 안 되겠다 싶으면 바로 도망치죠. 원래 화이트 타이거는 산속 깊은 곳까지 가야 볼 수 있지만, 다행히 이 근처에서도 목격 정보가 있거든요. 너무 깊은 곳까지 들어가지 말고, 이쯤에서 매복하고 있으면 될 거예요."

"확실히 여기서라면 액셀 마을로 도망치는 것도 가능하겠지. 아쿠아, 너무 걱정하지 마라. 내가 꼭 지켜주마."

두 사람의 말을 듣고 겨우 납득이 된 건지 아쿠아는 주위를 경계하면서도 우리를 따라왔다.

그건 그렇고, 백호인가.

목격정보가 늘었다고는 해도 웬만해서는 보기 힘든 레어

몬스터 같으니까, 좀 기다려보고 나타나지 않는다면 그냥 돌아가면 되려나.

내가 그런 물러터진 생각을 한 바로 그때였다.

눈앞의 나무가 크게 흔들리고—.

"……초보자 킬러잖아."

거대한 이빨을 지닌 검은 표범, 풋내기 모험가의 천적인 초보자 킬러가 나타났다.

"이런 곳에서 초보자 킬러와 마주칠 줄은 몰랐어요! 교활한 몬스터니까, 방어에 취약한 후위 직업을 우선적으로 노릴 거예요! 이렇게 밀접한 상태에서는 폭렬마법도 쓸 수 없고요!"

"메구밍과 아쿠아는 뒤로 물러나라! 내 등 뒤에서 벗어나면 안 된다!"

"아쿠아는 다크니스에게 지원 마법을 걸어줘! 메구밍은 일단 마법을 영창 준비를 해! 초보자 킬러가 있는 걸 보면, 이 근처에 다른 몬스터가 있을 가능성도 있어!"

"저기, 카즈마는 왜 그런 지시를 내리면서 가장 뒤편에 숨는 거야?! 너도 앞에 나서서 싸워! 다크니스의 공격은 전부 빗나간단 말이야!"

순식간에 패닉에 빠진 우리는 허둥대면서도 무기를 꺼내 들고 전투태세를 취했다.

하지만 우리가 이렇게 빈틈을 보이고 있는데도 초보자 킬러는 달려들지 않았다.

어찌 된 건지 가만히 있기만 했다.

"……공격을 안 하네요."

"왜, 왜 저러는 거지? 우리를 두려워하는 걸까? 하긴, 우리는 마왕군 간부를 해치운 파티잖아. 저 애가 지닌 야생의 감이 우리와 싸우면 안 된다고 외치는 걸지도 몰라."

"그러면 좋겠다만, 눈을 보아하니 겁먹은 것 같지는 않구나. 왠지 우리를 감시하고 있는 것 같은데……."

우리가 쑥덕대며 상황을 살피고 있을 때 초보자 킬러가 날카로운 울음소리를 토했다.

다들 무심코 전투태세를 취한 가운데, 산 곳곳에서 비슷한 울음소리가 들려왔다.

"잠깐만 있어 봐. 초보자 킬러가 떼지어 있는 거야?! 한 마리 상대하기도 어려운 저 녀석들이 무리를 지어서 달려든다면 절대 못 이길 거야!"

"도망치죠! 오늘은 이 정도로 봐주자고요!"

"이럴 것 같아서 내가 관두자고 말한 거야!"

"……."

"어이, 다크니스! 기뻐 죽겠다는 표정 짓지 말라고!"

나는 눈앞의 초보자 킬러에게서 시선을 떼지 않은 채 슬금슬금 뒷걸음질을 치면서 말했다.

"잘 들어. 이런 육식 동물은 등을 보이며 도망치는 상대를 쫓는 습성이 있어. 하지만, 이대로 서서히 거리를 벌려봤자 따라잡히고 말 거야. 이럴 때는 우리가 타이밍을 맞춰 일제히 도망치는 게 최선이야. 늦거나 빨라봤자 의미 없어. 한꺼번에 도망치면 누구를 쫓아야 할지 몰라 허둥댈 거야."

"알았어요. 그럼 다섯을 센 후에 도망치죠. 알았죠? 『다섯』까지 센 후에 도망치는 거예요."

"알았어. 나를 믿어줘."

내 말에 메구밍과 아쿠아가 동의했고 최후미에서 초보자 킬러와 대치하고 있는 다크니스도 고개를 끄덕였다.

"그럼 셀게. 하나…… 둘……."

""""셋!!""""

셋을 센 순간, 다크니스를 제외한 전원이 동시에 도망치기 시작했다.

"넷…… 아앗?! 기, 기다려라……!"

다크니스가 최후미에서 허둥지둥 쫓아오는 가운데, 내 바로 뒤편에서 따라오고 있는 두 사람이—.

"이럴 줄 알았어요! 순진한 다크니스라면 몰라도, 저의 붉은 눈동자는 속일 수 없거든요?! 물론 저 혼자 먼저 도망칠 작정이었는데 우연히 타이밍이 겹친 건 아니라고요!"

"카즈마는 거짓말쟁이! 그리고 나도 혼자만 먼저 도망칠 생각이었던 건 아니거든?! 메구밍과 마찬가지로, 나의 맑디맑은 혜안에는 거짓말이 통하지 않을 뿐이야!"

나에게 책임 전가를 했다.

"자, 잠깐, 기다려다오! 갑옷이 무겁……! 그것보다 저 녀석이 우리를 쫓아오지 않는다!"

다크니스가 한 말을 듣고—.

""""어?""""

우리가 뒤를 돌아보니 초보자 킬러는 그 자리에서 꼼짝도 하지 않았다.

3

다시 합류한 우리는 초보자 킬러 앞에서 생각에 잠겼다.

"저 애는 왜 저러는 걸까? 혹시 배고파서 저러나? 아까 먹다 남긴 말린 오징어가 있는데, 이걸 주면 얌전히 돌아가 주는 거 아냐?"

"배가 고프다면 우리를 잡아먹으려고 했을걸? 아까 울음소리도 그렇고, 대체 왜 저러는 거지? 초보자 킬러가 이런 행동을 취한단 이야기는 들어본 적이……."

내가 말을 이으려던 바로 그때였다.

산속에서 초목을 헤치며 나타난 것을 본 순간, 선두에 서 있던 다크니스가 무심코 중얼거렸다.

"아름다워……."

우리 눈앞에 나타난 것은 순백의 모피에 감싸인 거대한 호랑이…….

백호였다.

"메메메, 메구밍, 메구밍! 네가 해치우겠다고 한 녀석이 나타났어!"

"나, 나나, 나의 폭렬마법을, 머, 먹여 주……!"

"메구밍, 서둘러! 저 눈은 짐승의 눈이야! 빨리 저 마수를 해치우는 거야!"

예상보다 거대한 몸집과 압도적인 최종 보스 분위기 탓에 우리는 순식간에 패닉에 빠졌다.

메구밍이 허둥지둥 영창을 하는데 무기를 내린 다크니스가 백호를 향해 미소 지었다.

"걱정하지 마라. 이 백호한테서는 적개심이 느껴지지 않는다. 우리를 공격할 생각이 없는 거지? 게다가, 눈에서 지성이 느껴지는구나. 초보자 킬러도 아직 얌전한 것을 보면, 이 백호가 초보자 킬러들에게 지시를 내려서 뭔가를 시키고 있는 거겠지."

나는 그 말을 듣고 백호를 다시 관찰했다.

순백의 모피에는 은색 호랑이 무늬가 새겨져 있었고 보는 이를 매료시키는 아름다움과 신성함이 감돌고 있었다.

다크니스가 말한 것처럼 비취색 눈동자에서는 뛰어난 지

성과 이성이 느껴졌다.

대검을 거둔 다크니스가 두 손을 펼치며 상냥한 어조로 말을 건네자—.

"이렇게 아름다운 생물을 사냥하려고 한 나 자신이 부끄럽구나. ……자, 나는 무서운 사람이 아니, 푸억?!"

백호는 앞발로 그녀를 찰싹 때렸다.

"적개심이 넘치잖아! 메구밍, 마법은 준비됐어?!"

"어어, 언제든 날릴 수 있어요! 저건 그냥 커다란 호랑이, 커다란 호랑이……! 화이트 타이거, 각오해라!"

"좋아, 그럼 아쿠아는 다크니스에게 회복 마법을…… 인마! 이 상황에서 혼자서 도망치지 말라고!"

메구밍의 고조된 마력을 느낀 초보자 킬러는 나무 사이로 몸을 숨겼고 다크니스를 때린 백호는 그 자리에 당당히 서 있었다.

"이 참에 백호 킬러란 칭호를 차지하겠어요! 나의 최강 마법을 받아라! 『익스플로전』!"

메구밍이 그런 백호를 향해 필살의 마법을 날렸다!

굉음을 자아내며 휘몰아치는 폭풍과 충격파 탓에 도망치던 아쿠아가 그대로 벌러덩 넘어졌고 나는 허둥지둥 지면에 엎드렸다.

폭발이 가라앉자 눈앞에는 거대한 구덩이가 존재했다. 백호의 모습은 보이지 않았고 나무 사이에 숨어 있던 초보자 킬러 또한 어느새 자취를 감췄다.

나는 비틀거리며 쓰러지는 메구밍을 부축하면서 모습을 감춘 백호를 찾았지만—.

"……해치운 건가?"

몸을 일으킨 다크니스가 나와 마찬가지로 백호를 찾아보면서 하필이면 이 상황에서 절대 하면 안 될 말을 입에 담았다.

"뭐야, 결국은 평범한 짐승에 불과했네. 2억짜리치고는 너무 쉬운 거 아냐? 자! 돌아가자, 카즈마! 이제 빚을 털고도 거금이 남을 테니까, 그걸로 한동안 놀면서 지내는 거야!"

그리고 아쿠아가 플래그성 발언을 늘어놓았고—.

"아니, 그 수배서에는 주의 사항이 적혀 있었어. 『하지만 토벌 보수는 백호의 모피를 가지고 와야만 지급된다』라고 말이야. 이렇게 살점 하나 남지 않게 소멸시켜버려선……."

말을 이으려던 나는 그대로 얼어붙고 말았다.

적 탐지 스킬이 등 뒤에 무언가가 있다는 것을 알려줬다.

내가 머뭇거리며 돌아보니—.

"사람 말을 이해하는지는 모르겠지만, 일단 내 말 좀 들어 봐. 나는 원래 백호 토벌에 반대했어. 고양이 애호가거든. 아, 그렇다고 호랑이와 고양이를 똑같이 여기는 건 아냐."

어느새 그 자리에 있는 백호를 향해 양손을 들어서 항복

포즈를 취하고 그렇게 말했다.

그 짧은 순간에 우리의 등 뒤로 이동하다니 장난이 아니잖아.

"나도 너는 성수니까 퇴치하면 벌 받을 거라고 다른 애들한테 충고했어! 하지만 이 어리석고 욕심에 눈이 먼 인간들이, 네 모피를 손에 넣으려고 하니까 말리려고……!"

"…………."

아쿠아가 나와 마찬가지로 백호를 설득하려 하고 마력이 바닥난 메구밍이 그대로 죽은 척을 하는 가운데, 백호가 아쿠아에게 다가갔다.

"저기, 왜 나한테 다가오는 거야?! 나는 아무 잘못도 안 했거든?! 오해를 하고 있는 거 아닐까?! 성스러운 자들끼리 사이좋게 지내…… 어라?"

아쿠아는 머리를 감싸며 몸을 웅크렸는데 백호는 입에 물고 있던 조그마한 것을 그녀에게 내밀었다.

아쿠아가 무심결에 그것을 받자 백호는 그대로 고개를 돌린 뒤 산으로 향했다.

내가 멍하니 백호의 뒷모습을 바라보고 있을 때 아쿠아가 안고 있는 것을 본 다크니스가 불쑥 이렇게 중얼거렸다.

"새끼 백호……?"

액셀 마을로 향하던 도중…….

"저기. 젊고 앞날이 창창한 나한테 애를 떠넘겨도 곤란한데 말이야."

백호가 떠맡긴 새하얀 털북숭이를 어르듯 안은 아쿠아가 회복 마법을 계속 쓰면서 그렇게 말했다.

새끼 백호는 매우 쇠약해진 상태였다.

금방이라도 숨이 끊어질 것 같았다.

"잘됐네, 메구밍. 이대로 이 애가 눈을 뜨지 못한다면, 네가 그렇게 원하던『백호 킬러』라는 칭호를 얻을 수 있을 거야."

"자, 잠깐만요. 이건 역시 제 탓인가요?! 이 애는 제 폭렬 마법에 휘말려서 이렇게 쇠약해진 거예요?!"

나한테 업힌 메구밍이 초조한 목소리로 그렇게 말했다.

"메구밍이 괜한 짓을 한 건 맞지만, 이 애가 약해진 건 신기(神氣)가 부족해서야. 백호 같은 성수의 새끼한테는 젖 대신에 신기를 줘야 해. 하지만 아까 그 백호한테서는 갓 파워가 뿜어져 나오지 않았어. 아마 이 애를 낳느라 신기를 소모한 거야. 그래서 초절정 슈퍼 갓 파워를 지닌 나한테 도움을 받으려고 이 근처를 어슬렁거린 게 틀림없어."

아쿠아는 갑자기 아무런 근거도 없는 소리를 늘어놨다.

"즉, 신기가 잘 나오지 않으니 유모 역할을 해줄 사람을 찾아다녔다는 거야? 저택을 얻을 때까지 마구간에서 말과 짚 쟁탈전을 벌였던 너한테서 진짜로 신기 같은 게 나오긴 하는 거야?"

"무례한 소리를 하다간 천벌 받을 거야. 내 신기를 흡수하고 이렇게 편안한 표정을 짓고 있는 이 애의 얼굴을 보고도 그런 소리가 나와?"

"……이 녀석, 자면서 오줌을 지린 거 아냐?"

잠든 채 날개옷에 오줌을 지린 털북숭이를 던지려고 하는 아쿠아를 말린 다크니스가 백호의 얼굴을 들여다보고 말했다.

"성직자인 아쿠아에게서 신기라는 게 나오는 건 이해가 된다만, 이 애는 어떻게 할 것이냐?"

다크니스가 그렇게 물었고—.

"기르자."

내던지려던 털북숭이를 다시 안은 아쿠아가 그렇게 말했다.

"그 엄마 호랑이는 육아 포기를 했잖아. 그럼 이 애의 친권은 나한테 있어. 원래는 드래곤을 기르고 싶었지만, 이렇게 됐으니 성수라도 상관없어. 이 애를 충실한 종복으로 길러서, 마왕군을 상대할 비장의 카드로 삼을 거야!"

"너, 자기 앞가림도 제대로 못 하는데 애완동물을 기를 수 있겠어?"

4

—모험가 길드의 접수처 직원이 아쿠아가 안고 있는 털북숭이에서 눈을 떼지 못하고 머뭇거리는 어조로 이렇게 말했다.

"저기……. 일단 매입은 가능하지만, 그래도……."

액셀 마을에 온 우리는 모험가 길드로 향했다.

"악마! 카즈마는 악마야! 이렇게 귀여운 생물을 모피로 만들려는 거야?! 너, 태어나기 전에 어머니 뱃속에 양심 같은 소중한 걸 두고 나온 거 아냐?!"

굴러온 호박처럼 손에 넣은 백호 새끼를 돈으로 만들 수 없을까 생각한 나는 아직 성체는 아닌 백호의 모피도 사들이는지 물어봤다.

"모험가가 물러터진 소리 하지 말라고! 이 녀석은 몬스터야! 아무리 귀여워도 몬스터 새끼라고! 나도 이딴 짓을 하고 싶지는 않아! 하지만 어쩔 수 없잖아! 백호가 인간에게 해를 끼치지 않는다는 건 어디까지나 소문 아냐?! 소문을 믿고 이 녀석을 눈감아줬다가, 커서 인간을 해치면 어쩔 건데?!"

나는 백호를 품에 안은 아쿠아와 견해 차이로 말다툼을 벌였다.

"이 남자, 백호 퇴치를 하러 가기 전에는 무해한 몬스터를 해치는 건 자기 신념에 어긋난다고 떠벌리더니, 돈이 된다는 걸 알자마자 태도를 싹 바꿨어요."

"메구밍, 잘 봐둬라. 이게 돈에 눈이 먼 인간의 면상이다."

아까부터 뒤편이 시끄럽네.

등 뒤에서 쑥덕거리는 두 사람을 곁눈질한 나는 아쿠아에게서 백호를 빼앗았다.

"애초에 이런 고양이 사이즈의 새끼를 전투에 도움이 될 때까지 키우는 데 얼마나 걸릴 것 같아?! 성수니까 한 몇백 년은 살 거 아냐! 다 자라는 데도 십 년, 이십 년은 걸리는 거 아냐?!"

"그치만! 그치만!!"

백호를 되찾기 위해 매달리는 아쿠아를 무시한 나는 접수 카운터에 털북숭이를 올려놓고 말했다.

"그럼 매입을 부탁해요. 얼마 정도 받을 수 있을까요?"

"지, 진짜로 팔 건가요? 일단 천만 에리스에 매입해드릴 수 있습니다만……."

살짝 질린 접수처 직원은 주위가 시끌벅적한데도 태연히 카운터 위에서 몸을 동그랗게 말고 있는 백호를 보더니 표정이 부드러워졌다.

역시 백호야. 새끼인데도 천만이나 쳐주는구나!

빚을 한 번에 청산할 수는 없지만 그 정도면 겨울을 보내는 것에 조금은 보탬이 될 테고, 무엇보다……!

"야옹~! 야옹~!"

아쿠아의 신기 덕분에 조금 건강을 되찾은 건지, 백호는 카운터 위에서 나를 올려다보며 울음소리를 냈다.

그러자 옆에 선 아쿠아가 내 얼굴을 가까운 거리에서 뚫어지게 쳐다보았다.

"윽……. 참 푹신푹신하네요……."

접수처 직원은 필사적으로 우는 백호를 향해 무심코 손을 뻗더니 모피의 감촉을 느끼고 온몸을 부르르 떨었다.

"저한테는 사역마가 이미 있으니까, 한 마리 더 늘어도 들이는 수고에는 큰 차이가 없어요. 그냥 이 애도 기르면 안 될까요?"

그렇게 말하는 메구밍과 옆에서 뚫어지게 쳐다보는 아쿠아를 무시한 나는 자기 자신을 향해 되뇌듯 말했다.

마음을 독하게 먹어, 사토 카즈마. 나는 고양이를 좋아하지만 이 녀석은 호랑이야.

게다가 천만이라고, 천만. 어느 쪽을 선택해야 할지, 말할 필요도 없잖아.

"뭐, 뭐어, 빚을 갚고 싶은 카즈마의 마음도 이해는 한다. 게다가 모험가로서 몬스터에게 마음을 허락할 수 없다는 것도 맞는 말이지. 확실히 몬스터를 기르는 건 칭찬 받을 일이 아니다. 판단은, 카즈마가 내려라."

말은 그렇게 해도 울음소리를 내는 백호에게서 눈을 떼지 못하는 다크니스의 볼이 계속 씰룩거렸다.

"야옹~! 야옹~! 야옹~!"

다크니스조차 함락된 것 같지만 나는 이 녀석들과 다르다.

아무리 정에 호소하듯 울어봤자—!

"고양이용 모래는 샀어? 그리고 잠자리로 쓸 빈 상자도 준비해. 참, 모포도 있어야겠네."

"화장실용 모래는 메구밍이 기르는 애가 쓰는 걸 나누어 쓰면 될 거야. 빈 상자는 근처 술집에 가서 얻어와야겠네."

저택으로 향하는 길.

결국 정에 흔들린 나는 백호를 받아들일 준비를 했다.

뭐, 백호 새끼니까 장래에는 충분히 강해지겠지.

성장에 얼마나 걸릴지는 모르지만 긍정적으로 생각하면…….

"다녀왔습니다~."

현관문을 연 아쿠아는 그대로 난로 앞자리를 차지했다.

그리고 아쿠아에게 안긴 백호가 허공을 멍하니 쳐다보았다.

다크니스가 차를 준비하기 위해 부엌으로 향하는 사이, 내 등에서 내린 메구밍이 소파에 드러누웠다.

"허공을 계속 쳐다보네요. 저 애는 일단 성수잖아요. 보여선 안 되는 게 저기 있는 거 아닐까요?"

소파에 벌러덩 누운 메구밍은 백호의 시선이 향하는 곳을 쳐다보며 그렇게 말했다.

그런 소리를 들으면 밤에 잠이 안 오니까 좀 자제해줬으면 좋겠다.

"이 애가 쳐다보는 건 이 저택에 사는 유령이야. 내가 전에 말했지? 이 저택에는 귀족 여자애의 유령이 있다고 말이야. 아까부터 저기 떠서 해파리 댄스 같은 걸 추고 있거든. 그래서 신경 쓰이는 걸 거야."

"전부터 생각했던 건데, 진짜로 그런 게 있다면 한번 이야기를 나누게 해줘. 유령다운 부분이 눈곱만큼도 없잖아."

……홍차를 준비하던 다크니스가 뭔가를 안아 들고 급히 돌아왔다.

"저, 저기, 이름은 어떻게 할 것이냐? 아, 데운 우유를 가져왔다. 저 애는 신기를 영양분으로 삼는 것 같다만, 이런 것도 조금은 마실 수 있지 않을까?"

아까 모험가가 몬스터에게 마음을 열면 안 된다고 말했던 이 녀석이 가장 백호한테 푹 빠진 것 같았다.

5

"이 애 이름은 지크발트. 볼프강 지크발트야. 지크라고 불러."

다음 날 아침, 백호를 안아 든 아쿠아가 대뜸 그렇게 말했다.

쓸데없이 멋진 이름이네.

"저도 그 애의 이름을 생각해봤는데요."

"안 돼! 메구밍은 절대 안 돼! 메구메구나 밍밍 같은 이상한 이름을 붙일 생각이지?!"

"거기, 내 이름을 가지고 놀리지 말아 주실까!"

아침부터 두 사람이 시끄럽게 떠드는 사이, 다크니스는 백호의 화장실에 깔린 모래를 갈아주며—.

"그건 그렇고, 어제보다 꽤 기운이 난 것 같구나."

—라고 말하더니 아쿠아가 안아 든 백호를 바라보고 옅은 미소를 지었다.

어제만 해도 백호는 축 늘어져 있었지만 지금은 꽤 회복된 것처럼 보였다.

"응. 이대로 일주일 동안 신기를 공급해주면 자력으로 생활이 가능해질 것 같아."

아쿠아의 말에 따르면 신기가 필요한 것은 갓 태어난 시기이고, 그 후에는 누가 기르든 죽을 일은 없다고 한다.

—그 후로 일주일이 흘러, 새끼 백호인 지크가 기운을 완전히 되찾았을 즈음이었다.

"자, 나는 너를 애완동물로 기를 생각이 없어. 그러니 오늘부터 스파르타 영재교육을 시작할 거야. 너를 마왕군에 대항하기 위한 비장의 카드로 기르기 위해서 말이지!"

저택 마당 한가운데에 앉아 있는 지크 앞에 선 아쿠아는 팔짱을 끼며 그렇게 말했다.

"야옹~!"

"야옹~이 아냐! 대답할 때는 예! 라고 해."

"야옹~! 야옹~!"

지크는 대뜸 무리한 요구를 하는 아쿠아에게 다가가서 몸을 비볐다.

"안 돼. 밥은 아직 못 줘. ……저기, 내 날개옷을 깨물지 말아줄래? 그건 신기라고 하는 매우 귀중한…… 아아아앗~! 잠깐만 기다려! 그걸 가져가면 안 돼! 부탁이야, 돌려줘!"

거만한 소리를 하며 으스대다가 걸치고 있던 날개옷을 빼앗긴 아쿠아가 지크를 쫓아가기 시작했다.

그걸 술래잡기로 착각한 건지, 지크는 질려서 잠들 때까지 아쿠아와 함께 정원을 뛰어다녔다.

"지크, 저 애와 친해지면 안 돼. 왜냐하면 쟤한테서는 사악한 기운이 느껴지거든. 게다가 나를 전혀 따르지 않아."

다음 날.

아쿠아는 난로 앞에서 메구밍이 기르는 검은 고양이와 놀고 있던 지크에게 그런 말을 했다.

"저의 사역마와 대등한 승부를 펼치다니, 지크도 꽤 하는군요."

"아아, 정말 사랑스럽구나……. 저기, 메구밍, 아쿠아. 이 두 마리를 좀 만져봐도 되겠느냐?"

세 사람이 지켜보는 가운데, 두 마리는 서로의 몸에 올라타거나 장난스레 깨물며 놀고 있었다.

"지크, 어제 가르쳐준 갓블로를 날려봐. 저 사악한 털북숭이에게 격의 차이라는 걸 가르쳐줘서, 네 지배하에 두는 거야!"

아쿠아가 양손을 말아쥐며 그렇게 외쳤지만 둘은 졸리는

지 난로 앞에서 몸을 동그랗게 말았다.

그 모습을 본 다크니스는 만지고 싶지만 깨우면 미안할 것 같다는 반응을 보였다. 그러나 아쿠아는 개의치 않고 지크를 양손으로 안아 들었다.

“왜 내 말을 듣지 않는 거야? 오늘은 절대 어리광을 안 받아줄 거야. 자, 일어나! 일어나서 나와 특훈하자! 이제 와서 울며불며 빌어도 절대 용서 안할꺄아아아아앗~!”

“……지크가 툭하면 너한테 오줌을 누는 걸 보면, 너를 화장실로 여기는 거 아냐?”

“이 애는 왜 모래 위에서 볼일을 보지 않는 거야! 흑, 흑…… 저기, 지크. 부탁이니까 화장실 정도는 가려줘…….”

태어난 지 얼마 안 된 백호에게 툭하면 당하고 있는 아쿠아가 욕실로 향하며 애원하듯 그렇게 말했다.

—그리고, 그날 밤.

“저기, 지크. 그 날개옷은 정말 귀중한 거야. 그건 네 모포가 아니거든? 다른 모포를 줄 테니까, 돌려주지 않을래?”

지크는 아쿠아의 신기인 날개옷을 빼앗아서 자기 모포로 삼고 있었다.

“툭하면 당하네. 네가 애완동물을 기르는 건 무리 아냐?”

“아직 의사소통이 안 되는 것뿐이야! 오늘 밤부터는 나도 여기서 자면서, 이 애가 나를 부모로 여기게 할래.”

그런 소리를 하며 난로 앞에 자리한 아쿠아는 지크가 누워 있는 상자를 꼭 끌어안았다.

뭐, 하고 싶은 대로 하게 둘까.

"앗! 너, 또 오줌 쌌지? 내 날개옷은 정화 능력이 있지만, 그래도 그런 짓을 하면 천벌 받아. 자, 이럴 때만 응석을 부려봤자 용서해주지 않을 거야. 제대로 사과하란 말이야."

아쿠아가 잠자리에 누워 있는 지크에게 건네는 말을 등 너머로 들으며 나는 방으로 향했다.

—그런 나날이 며칠간 이어진 어느 날의 오후.

"지크, 오늘은 날씨가 참 좋지? 그러니 졸리는 것도 이해해. 하지만 이제 그만 내 말에 따라 전투 훈련을 해도 괜찮을 것 같지 않아?"

지크를 안아 든 채 정원에서 햇볕을 쬐던 아쿠아가 그렇게 말했다.

나는 옆에서 지크의 감촉을 즐기며 말했다.

"전투 훈련이니, 비장의 카드니 같은 건 이제 아무래도 상관없지 않아? 고양이 마니아인 나로서는 이런 나날을 보낼 수 있는 것만으로도 하루하루가 참 행복하다고."

"나는 전혀 행복하지 않거든?! 이 애는 왜 화장실을 가리지 않는 거야? 게다가 나를 전혀 따르지 않아. 성수니까 좀 더 똑똑할 줄 알았는데, 매일같이 자면서 볼일을 본단 말이야."

자면서 볼일을 보는 건가.

아, 그러고 보니…….

"그러고 보니 쓸쓸함을 느끼는 어린애가 자면서 볼일을 본다는 말을 들은 적 있어. 그 녀석, 부모와 떨어져서 쓸쓸해 하는 거 아냐?"

"……이 애도 참. 내가 성심성의를 다해 돌봐주는데, 이렇게 차갑게 구는 건 친부모를 잊지 못해서인 거야? 하아, 정말 매정한 애네!"

"어이, 호랑이 상대로 그런 소리 말라고. 하지만 이대로 계속 기르면 곧 너를 따르게 될 거야. 한밤중에 볼일을 보지 않는다면, 너를 부모라고 인정했다는 거겠지."

잔디 위에 드러누운 내가 느긋한 어조로 그렇게 말했다.

"잠깐만 있어봐. 그럼 나의 성스러운 신기가 앞으로도 계속 더럽혀질 거란 소리야? 하아, 농담하지 마! 저기, 지크. 너는 여신의 신기를 뭐라고 여기는 거야? 이렇게 되면 벌을 내릴 수밖에 없겠네. 그래. 우리가 이렇게 잘 보살펴주는데도 매정하게 구는 너한테, 혹독한 벌을 내려줄래!"

—액셀 마을 서쪽에 펼쳐진 산악지대.

"어이, 정말 괜찮겠어?"

우리는 지크를 데리고 일전에 백호와 만났던 장소로 걸어갔다.

"괜찮다니까 그러네. 화장실도 가리지 못하는 바보 따위는 내 쪽에서 사절이야. 내 말도 전혀 듣지 않잖아. 역시 드래곤을 길러야겠어. 저기, 지크. 내 말 듣고 있어? 너와는 오늘 작별할 거지만, 나는 전혀 아쉽지 않거든?"

선두에 선 아쿠아는 그런 소리를 늘어놓으면서도 지크를 품에 꼭 끌어안고 있었다.

"……하지만 이대로 거기에 가봤자, 부모 백호가 기다리고 있을 거란 보장은 없다. 그때는 어쩔 거지?"

"맞아요. 저는 이대로 집에서 쭉 기르면서, 제 사역마의 남편으로 삼았으면 좋겠어요."

이 짧은 기간에 정이 든 건지 다크니스와 메구밍이 지크를 돌려주지 말자는 뜻을 내비쳤다.

하지만—.

"분명 거기서 기다리고 있을 거야. 내 여신의 감이 그렇게 외치고 있어."

아쿠아가 그렇게 말하자 두 사람은 입을 꾹 다물었다.

이윽고—.

"어때? 내 말이 맞지?"

일전에 백호와 마주쳤던 장소에 가보니 지면에 드러누워서 눈을 꼭 감은 채 꼼짝도 하지 않는 어미 백호가 있었다.

이유는 모르겠지만 이 백호는 아쿠아가 아이를 돌려주러 올 거라고 확신한 듯했다.

백호는 지크를 안은 아쿠아에게 다가가더니 희미하게 눈을 떴다.

우리가 지켜보는 가운데, 아쿠아는 몸을 숙이고 지크를 지면에 내려놨다.

"자, 돌아가."

지크는 퉁명한 어조로 그렇게 말하는 아쿠아를 올려다보며 꼼짝도 하지 않았다.

"……뭐야. 아까 내가 한 말을 신경 쓰는 거야? 잘 들어. 백호보다 드래곤이 좋겠다는 말은 농담이었어. 조금이라도 나한테 고마움을 느낀다면, 다 큰 후에 마왕군을 해치워줬으면 해."

아쿠아가 그렇게 말하며 휙 돌아서자 지크는 그녀의 날개옷에 장난치듯 매달렸다.

결국 참다못한 아쿠아는 그런 지크를 꼭 끌어안았다.

메구밍과 다크니스는 더는 못 보겠다는 듯이 고개를 숙였다.

그리고 포옹을 나누는 한 사람과 한 마리 곁으로 백호가 천천히 다가갔다.

"자! 이제 헤어지자, 지크. ……지크, 이제 그만 날개옷을 놔. 저기, 이건 네 모포가 아냐. 이것만은 절대 줄 수 없어. 저기, 부모인 너도 뭐라고 말해봐! 아야야야! 저기, 지크! 발톱을 세우면 아프거든?!"

아쿠아의 날개옷에서 떨어지지 않는 지크를 본 백호가 잠시 생각에 잠기듯 가만히 있더니…….

—지크의 어미인 백호가 아쿠아의 목덜미를 물고 그대로 번쩍 들어 올렸다.

"우에에에엥, 카즈마 씨~! 카즈마 씨~!!"

"바보야, 끌려가면 어떻게 해!"

"아쿠아~! 저, 저기, 기다려요! 좀 저항해 보라고요!"

"멈춰라! 어이, 아쿠아를 어디로 끌고 가려는 것이냐?!"

백호.

이 세상에서 가장 빠르다고 알려진 생물을, 우리가 따라잡을 수 있을 리가 없었고…….

—사흘 후.

백호의 하얀 털로 범벅이 되어 돌아온 아쿠아가 지친 표정으로 중얼거렸다.

"나, 다음에는 드래곤을 기를래……."

"으, 응……."

레드스트림 익스플로전!

1

그날.

모험가 길드 안에 있는 술집에서 늦은 점심을 먹은 우리가 식후 휴식 시간을 느긋하게 보내고 있을 때, 길드 접수 카운터의 직원 누님이 다가왔다.

"실례합니다. 사토 카즈마 씨의 파티에게, 지명 의뢰가 들어왔는데요……."

지명 의뢰.

그것은 일정 수준의 실력을 지닌 유명한 모험가를 지명해서 하는 특별한 의뢰다.

"지명 의뢰? 후후, 우리도 꽤 유명해졌구나!"

"당연하잖아요? 제가 있으니까요. 유명해지지 않을 리가 없잖아요!"

다크니스와 아쿠아가 흥분하는 것도 이해가 된다. 우리는 현재 이 마을에서도 손꼽히는 실력자다.

그러니 지명 의뢰가 들어오는 것도 무리는 아니다.

"우리를 지명해서 의뢰가 들어왔다는 거지? 뭐, 항상 신세를 지는 누님의 부탁이니 받아주고 싶은 마음도 있지만……. 우리는 상급 직업이 우글거리는 파티인 만큼, 꽤 비싸다고?"

"얼마 전만 해도 핏발 선 눈으로 일거리 좀 주세요~, 라고 부탁하던 녀석이 어느새 팔자가 꽤 폈네."

옆에 있는 아쿠아가 시끄럽게 굴었다.

한편, 직원 누님은 거들먹거리는 나를 향해 머뭇거리는 어조로—.

"아니, 저기 말이죠. 정확하게는 사토 씨가 아니라……. 저쪽에 계신, 메구밍 양에게 지명 의뢰가 들어온 겁니다만……."

그 말을 들은 순간, 우리의 시선은 티끌조차 남기지 않겠다는 듯이 식후 디저트인 푸딩과 씨름 중인 메구밍을 향했다.

—액셀 마을을 향해 대형 태풍이 접근 중.

왕도의 일기예보 점술사에게서 이 마을의 길드에 그런 예보가 전달됐다.

"액셀 남쪽의 해상에서, 대형 태풍이 천천히 북상 중이에요. 이 마을이 태풍의 세력권에 들어가는 건, 내일 아침부터 정오까지죠. 이대로 있다간 마을이 큰 피해를 입고 말 거예요."

태풍이 1년 365일 다가오는 일본에 살았던 나는 잘 이해가 안 되지만 이 세상에서는 태풍이 엄청난 재해로 분류된다고 한다.

강이 범람해서 농작물이 전멸할 위기에 처하고 집이 박살 날 뿐만 아니라 외벽이 무너지기도 한다.

그리고 이 세상에서는 태풍에 따른 문제가 하나 더 있다.

"태풍이 다가오면 몬스터가 흥분해서 활발해진다. 그러니 마을의 경비를 강화할 필요가 있지."

영주의 딸인 다크니스가 굳은 표정으로 그렇게 말했다.

일본에서 살던 때도 태풍이 오면 흥분하는 녀석이 주위에 있었다. 몬스터 중에도 그런 녀석이 있는 건가.

"저기, 카즈마. 나, 태풍이라는 말을 듣고 흥분되기 시작했어."

이 자리에도 그런 녀석이 있는 것 같았다.

물의 여신답게 폭우를 예감하고 흥분한 건가.

나는 거친 콧김을 뿜고 있는 아쿠아를 곁눈질하며 입을 열었다.

"그런데, 그 태풍과 우리 파티의 메구밍이 어떻게 연관되어 있는데? 설마 폭렬마법으로 태풍을 어떻게 하라는 건 아니지?"

내가 직원 누님에게 묻자 다크니스가 뜻밖이라는 표정을 지으며 답해줬다.

"카즈마는 모르는 것이냐? 태풍이란 폭풍을 관장하는 대정령이 폭주해서 발생하는 거다. 매년 태풍이 오는 시기가 되면 대정령을 진정시키기 위해 실력 있는 모험가가 소집되지."

이세계는 정말 어처구니없다니깐.

"……저기 말이야. 태풍이라는 건 바다 위에서 발생하는 자연현상이고, 정령 같은 것과는 상관이 없어. 보아하니 비가 내리는 원리도 모르는 것 같네."

태풍이란 따뜻한 바다 위에서 발생하는 열대 저기압을 말한다.

과학과 학문이 지구만큼 발달하지 않은 이 세상의 사람들에게는 비와 태풍도 신의 기적으로 분류되는 것이리라.

그러니 누님을 필두로 나를 불쌍한 애처럼 쳐다보지 말아줬으면 좋겠다.

……바로 그때, 아쿠아가 내 소매를 잡아당기며 귓속말을 했다.

"카즈마, 카즈마. 이 세상에서는 진짜로 대정령이 비를 내리게 해. 지구와는 다르니까, 으스대며 그런 소리를 늘어놓다간 창피를 당할걸?"

이세계는 정말 어처구니없다니깐!

"아무튼, 상대는 폭풍의 대정령이에요. 지금이야말로 폭렬마법을 쓰는 메구밍 양이 나설 때죠!"

폭렬마법은 최강의 마법이다.

폭렬마법이 일으키는 속성을 지니지 않는 순수한 마력 폭발은 영체든 뭐든 간에, 설령 상대가 신이나 악마일지라도 반드시 대미지를 입힌다.

메구밍은 평소 그다지 도움이 되지 않지만 이럴 때는 믿음직하다.

이미 태풍이 몰려온다는 이야기를 들은 건지 우리 이외의 모험가들이 기대에 찬 눈길로 메구밍을 바라보며 고개를 끄덕—.

"싫어요."

—이고 있던 이들이 메구밍의 그 말을 듣고 얼어붙었다.

"……어이, 갑자기 무슨 소리를 하는 거야. 뭐 잘못 먹었어? 평소 같으면 폭렬마법의 유용성을 떠들어댄 후, 태풍이 아직 오지도 않았는데 바로 뛰쳐나갔을 거잖아."

"저를 대체 뭐로 보고 그런 소리를 하는 거죠?! 사람을 전투광 취급하지 말아요! 그저, 평소에는 애물단지 취급을 했으면서 이럴 때만 의지하려고 드는 썩어빠진 성질머리가 마음에 안 들어요. 정 내 힘을 빌리고 싶다면, 평소 행실을 반성해주실까."

메구밍이 고개를 휙 돌리면서 성가신 소리를 늘어놓자 모험가들의 얼굴이 새파랗게 질렸다.

"자, 잘못했어. 하지만 지금은 네 힘이 필요하다고. 실체가 없는 대정령에게는 평범한 무기로 공격해봤자 소용이 없는 데다, 정령은 마법 방어력도 뛰어나. 평범한 마법사는 어찌할 수가 없다고. 믿을 사람은 너뿐이야……."

철가면을 쓴 남자가 그렇게 말했고 고개를 돌리고 있던 메구밍의 볼이 희미하게 떨렸다.

"그래. 너는 언제나 여차하는 순간에 가장 활약했잖아. 듀라한과 싸울 때도, 기동요새 디스트로이어가 쳐들어왔을 때도, 항상 네가 비장의 카드였어!"

이어서 그런 말이 들려오자 메구밍의 입가가 씰룩거렸다.

"맞아. 이럴 때야말로 홍마족이자 최강의 마법사인 네가 나설 차례잖아? 툭하면 너를 놀려대는 녀석들에게, 폭렬마법의 진정한 힘을 보여주라고!"

메구밍은 히죽거리면서―.

"하아, 그렇게 저의 힘이 필요한가요? 액셀 제일의 마법사인 저의 힘이 말이에요."

고개를 돌린 채 마음이 동한 것 같은 투로 그렇게 말했다.

그러자 모험가들이 이때라는 듯 앞다퉈 말했다.

"당연하지! 네 폭렬마법을 우리에게 보여달라고!"

"폭렬마법이야말로 최강이라는 걸 보여줘! 태풍 따위는 별것도 아니잖아!"

"폭렬! 폭렬!!"

"정신나간 아가씨란 별명을 퍼뜨려서 미안해! 이번에 다른 이상한 별명을 지어줄게!"

만면에 미소를 짓고 자리에서 일어난 메구밍이 망토를 펄럭이며―.

"어쩔 수 없군요! 정 그렇다면 앞으로 저를 공경한다는 조건 하에 저의 힘을 선보이도록 하겠어요……. 어이, 마지막 말을 한 녀석은 앞으로 나와라."

으스대는 듯한 표정이 갑자기 심각한 표정으로 바뀌었다.

모험가 중 한 명과 싸우기 시작한 메구밍을 본 나는 문뜩 이런 생각이 들었다.

"앞으로는 이상한 별명을 퍼뜨리지 말아주실까! 또 그랬다간, 네가 외출한 사이에 지나가던 폭렬마가 네 집을 소멸시키고 말……. 카즈마, 왜 그래요? 지금 중요한 부분이에요. 저한테 붙은 별명을 바꿀 기회니까, 이대로 간단히 의뢰를 받아들일 수는……!"

한 아저씨의 멱살을 잡은 메구밍을 말린 나는 히죽 웃은 후 고개를 끄덕이며 말했다.

"이 녀석이 내키지 않아 하는데, 억지로 시키는 것도 좀 그래. 미안하지만 다른 사람을 알아봐 주지 않겠어?"

"예?! 하지만 대정령에게 대미지를 줄 수 있는 마법사는……."

내 말을 들은 직원 누님이 당황했다.

그 모습을 본 메구밍이 고개를 절레절레 저었다.

"괜찮아요, 카즈마. 확실히 이 사람들의 뻔뻔한 부탁을 들어주기는 싫지만, 저는 어른이니까 이 사람들이 진심으로 애원한다면 들어줄 수도 있어요. 이 마을에는 홍마족인 저 말고는, 대정령에게 맞설 수 있는 마법사가……."

"저기 있잖아. 이 마을에 사는, 또 한 명의 홍마족인 융융이 말이야."

내가 그렇게 말하며 가리킨 테이블에는 붉은 눈을 지닌 소녀, 융융이 홀로 앉아 있었다.

길드 구석에 있는 테이블에서 혼자 트럼프 카드로 탑을 만들던 융융은 이제야 주위의 시선을 눈치챈 것 같았다.

"어? 저, 저기…… 왜, 왜 저를 쳐다보는 거예요? 제, 제가 사고라도 쳤나요? 이 탑이 방해된다면 빨리 치울게요……!"

그렇게 말하면서 허둥지둥 카드를 치우는 융융을 본 모험가들이 환성을 질렀다.

"맞아! 상급 마법을 쓸 수 있는 융융 씨가 있었지!"

"그러고 보니, 상급 마법이라면 대정령에게도 대미지를 줄 수 있어!"

"어."

모험가들이 그렇게 말하자 상급 마법을 못 쓰는 홍마족이 낮은 신음을 흘렸다.

근처에 있던 모험가에게 상황 설명을 들은 융융이 붉은 눈을 반짝이며 자리에서 일어났다.

"마마, 맡겨만 주세요! 누가 저한테 이렇게 의지하는 건, 홍마의 마을에서 돈 빌려달라는 부탁을 받았을 때뿐이었거든요! 저라도 괜찮다면 얼마든지 돕겠어요!"

융융은 쾌히 승낙했고 모험가들이 더욱 큰 환성을 질렀다.

상황을 지켜보던 다크니스는 내 의도를 눈치챈 건지…….

"융융 혼자 보내면 좀 걱정이 되지만, 메구밍이 저렇게 하기 싫어해서야……. 그래, 위즈에게 부탁을 해보는 건 어떻겠느냐? 그녀는 상급 마법을 쓸 수 있고, 메구밍과 마찬가

지로 폭렬마법도 쓸 수 있지. 적임자라는 생각이 드는구나."

"……어?"

메구밍이 그 말을 듣고 또 낮은 신음을 흘렸다.

"그래, 위즈 씨도 있었지! 그 정도면 충분히 태풍을 쫓아낼 수 있을 거야!"

"잘난 쪽 홍마족인 융융 씨가 있으니 안심해도 되겠네. 그럼 못난 쪽 홍마족은 필요없…… 우왓, 뭐 하는 거야?!"

"못난 쪽 홍마족이 대체 누구를 말하는 거지?! 그것보다, 이렇게 간단히 포기해도 괜찮겠어요?! 폭렬마법에 있어서는 제가 최고라고요! 저를 데려가면 충분히 도움이 될 거란 말이에요!!"

모험가 중 한 명에게 달려든 메구밍이 그 남자의 멱살을 움켜쥐고 난동을 피웠다.

아쿠아는 그런 메구밍의 어깨를 두드리며 사심이 전혀 섞이지 않은 상냥한 미소를 짓더니—.

"잘됐네, 메구밍! 내키지 않는 의뢰를 안 받아도 되는 거잖아! 뒷일은 우리한테 맡겨!"

"비싸게 군 걸 사과할 테니까, 저도 데려가 주세요!"

2

『현재, 매우 난폭한 태풍이 이 마을로 접근 중! 주민 여러분은 집 안에 들어가신 후, 문단속을 철저히 해주십시오!』

모험가 길드 직원의 안내 방송이 울려 퍼지는 가운데, 우리는 다른 모험가들과 함께 마을 밖으로 향했다.

“이해가 안 되는 게 있는데…… 우선, 난폭한 태풍이라는 게 대체 뭐야?”

“난폭한 태풍은 난폭한 태풍이야. 올해는 폭풍의 정령이 꽤 기분이 나쁜 것 같네.”

이제 이런 태클을 날리는 것도 귀찮아졌지만 그래도 이 말만은 해야겠다.

“저기, 이제부터 태풍을 막으러 가는 거지?”

“맞아. 다른 사람들의 장비를 보면 바로 알 수 있지 않아?”

나를 제외한 모험가들.

그들 전원이…….

“너희는 왜 수영복을 입고 있는 거야?”

“카즈마는 바보네. 태풍 상대로 갑옷을 입어서 어쩔 건데? 상대는 폭풍의 대정령이거든? 주된 공격 수단은 물과 바람이야. 게다가 폭풍의 대정령은 물을 좋아하니까, 결전을 치를 장소는 물가가 될 거야. 물에 빠지지 않도록 무거운 갑옷을 벗고 수영복을 입은 거지. 매우 합리적이지 않아?”

뭐, 일단 이해는 됐다.

이해는 됐지만…….

“메구밍이 튜브 같은 걸 안고 있는데, 우리는 바다에 놀러 가는 게 아니지? 우리는 대정령과 싸우러 가는 거지?”

"당연하잖아? 아마 결전의 무대는 마을 인근의 호수가 될 거야. 호수에 떠서 마법 영창을 할 수 있도록, 목제 튜브를 준비한 거지. 카즈마도 헛소리 그만하고 정신 바짝 차려. 여기서 우리가 태풍을 어찌하지 못하면, 액셀 마을은 큰 피해를 볼 거야."

나와 마찬가지로 평소 복장인 아쿠아가 그렇게 말했고 주위에 있는 모험가들이 고개를 끄덕였다.

어째서일까.

수영복 차림으로 튜브를 들고 있는 녀석들에게, 왜 나는 정신 바짝 차리라는 꾸중을 듣고 있는 걸까.

그래도—.

"위즈의 수영복 차림을 봤으니 됐어."

"역시 카즈마야. 주저 없이 그 말을 입에 담네. 나는 수영복을 안 입기 잘했어. 입었다간, 네가 엉큼한 눈길로 쳐다봤을 게 뻔하거든."

잠꼬대를 늘어놓는 아쿠아를 무시한 나는 검은색 비키니 차림인 위즈를 쳐다보았다.

위즈는 옷을 입으면 말라 보이는 타입인 것 같았다. 평소에도 투박한 로브가 아니라 노출도가 상당한 옷을 입는다면 가게 경영이 나아질 거란 생각이 들었다.

"저기, 카즈마 씨. 그렇게 뚫어지게 쳐다보면 곤란한데요……."

"신경 쓰지 마세요."

“그건 네가 할 소리가 아니거든? 카즈마는 이번에 딱히 할 일이 없으니까, 구석에 처박혀 있어!”

아쿠아는 그렇게 말한 뒤 빨리 꺼지라는 듯이 나를 향해 손을 내저었다.

“인마, 할일이 없는 건 피차일반 아냐? 너도 악마나 언데드 말고는 공격할 수단이 없으니까, 나와 마찬가지로 응원 담당이라고.”

내가 그런 불평을 늘어놓자 아쿠아는 코웃음을 쳤다.

“카즈마는 바보네. 상대는 폭풍을 관장하는 대정령이거든? 그러니까 물을 관장하는 내가 나서야 할 거 아냐! 폭풍과 물은 상성이 끝내줘. 메구밍한테는 미안하지만, 이번에는 내가 난폭한 정령을 진정시키겠어!”

아쿠아가 거들먹거리며 자신만만하게 말해서 나는 이 녀석이 괜한 짓을 못 하도록 어떻게 막을지 고민했다. 바로 그때—.

“어쨌든, 모험가들이 뚫어지게 쳐다보니 영 기분이 좋지 않구나. 메구밍과 융융은 내 뒤편에 숨어라. 위즈도 부끄럽다면 내 망토를 걸치는 게 어떻겠느냐?”

흰색 원피스 수영복을 입은 다크니스가 그렇게 말하고 모험가들과 메구밍 사이에 끼어들어서 시선을 차단했다.

하지만 그런 다크니스는 볼을 희미하게 붉힌 채 남성 모험가들의 시선을 의식하며 몸을 떨고 있었다.

그런 평소와 다름없는 변태를 본 나는 옆에 있던 모험가에게 귓속말로 물었다.

"어이. 혹시 매년 이런 이벤트가 벌어지는 거야? 설마 폭풍의 대정령이란 걸 완전히 토벌해버리지 않으면, 그 녀석이 올 때마다 여자 모험가들이 수영복을 입는 거야?"

"그래. 매년 이 계절에는 폭풍의 대정령 님이 찾아오거든. ……지금은 군소리를 하지 않지만, 처음에는 난리도 아니었다고. 수영복을 입기 싫어하는 여자 모험가를 설득하기 위해, 모든 남자 모험가가 수영복을 입어서 유용성을 증명하기도 했지. 그건 진짜 눈 뜨고 못 볼 광경이었어."

이 녀석들 지금까지 고생 많았구나.

하지만 폭풍의 대정령을 존칭으로 부르는 것은 참아줬으면 한다.

"그건 그렇고, 이번에 동행하는 모험가 세 사람은 모두 카즈마와 친하지? 강력한 일격을 날려줄 거라고 믿겠어!"

기대에 찬 남자의 시선을 본 나는 문뜩 머릿속에 떠오른 의문을 입에 담았다.

"강력한 일격을 날릴 필요가 있는 거야? 폭풍의 대정령한테 무슨 일이 생겼다간 내년부터 이 이벤트가 일어나지 않는 거잖아? 그냥 메구밍을 끌어들이지 말고, 융융과 위즈에게만 맡기는 게 좋았을 것 같은데."

그 남자는 몸을 작게 웅크리더니 낮은 목소리로 말했다.

"폭주 중인 폭풍의 대정령은 어느 정도 대미지를 입으면 정신을 차려. 하지만 바로 그 순간, 그때까지 축적된 대미지의 양에 따라 어떤 현상이 발생한다고."

"어떤 현상?"

그는 귓속말로 이렇게 말했다.

"공격에 대한 답례 삼아, 맹렬한 돌풍을 발생시키는 거야. 그 위력은 봄의 대정령, 봄의 첫바람 씨의 신사적인 바람처럼 상냥하지 않거든. 그야말로 몸에 걸친 걸 전부 날려버릴 듯한 기세라고……."

그렇다면 더욱 메구밍을 데려오지 않는 편이 낫지 않았을까.

저 녀석이 손속에 사정을 둘 리 없고 애초에 그런 짓을 할 이유가 없다.

그런 내 의문에 답하듯 그는 불쑥 말했다.

"즉, 높은 확률로 여자 알몸을 볼 수 있지."

나도 폭풍의 대정령 님이라고 부르기로 결심했다.

3

액셀 마을 근처의 평원을, 수영복 차림의 사람들이 무리지어 남쪽으로 이동하고 있었다.

그들은 다가오는 태풍으로부터 마을 사람들을 지키기 위

해 목숨을 건 싸움에 임하러 가는 모험가들이지, 결단코 변태들의 대이동이 아니다.

아니지만—.

"확실히 눈뜨고 보기 힘든 광경이긴 하네."

"저기, 나도 그 말이 목까지 치밀었는데 참고 있거든?! 남들 눈에는 엄청 멍청해 보일 거라거나, 표정은 진지한데 왜 그딴 꼴을 하는 거야 같은 소리를 하면 안 된단 말이야."

"그런 소리를 하는 걸 보면, 너도 같은 생각을 하는 거잖아. 수영복 차림에 튜브를 든 다 큰 어른이 진지한 표정으로 어슬렁거리고 있잖아. 괴상한 데도 정도라는 게 있다고. 이제 와서 마도 카메라를 빌려올 걸, 같은 후회가 들 지경이야."

이 일행의 가장 뒤편에서 쑥덕거리고 있는 우리에게 다크니스가 고개를 갸웃거리며 다가왔다.

"카즈마, 왜 그러느냐? 너는 폭풍의 대정령과 싸우는 게 처음이지? 혹시 마음에 걸리는 점이라도 있는 것이냐?"

"아, 으음, 그게 말이지. 다들 의욕이 넘치는 것 같네."

내가 그렇게 말하자 다크니스는 진지한 표정으로 고개를 끄덕였다.

"음. 폭풍의 대정령을 막지 못한다면 마을은 막대한 피해를 보게 되지. 그러니 다들 저렇게 열심인 걸 거다."

다크니스는 표정을 굳히더니 귀족다운 당당한 목소리로 그렇게 말했다.

수영복 차림으로 튜브를 들고 있지 않았다면 조금은 멋져 보였을지도 모른다.

"하아, 홍마족의 전통적인 내수(耐水) 장비를 깎아내리지 말아 줄래요? 이 감색이 저희를 물에 동화시켜주고, 이 특이한 소재가 물의 저항을 줄여주죠. 융융은 살을 좀 빼는 편이 좋을 거예요."

"하지만 살이 계속 붙는 걸 어떻게 하냔 말이야. 나도 괜한 주목을 받고 싶지는 않거든? 가능하다면 나도 메구밍처럼 날씬한 몸매를 유지하고 싶어."

"좋아요. 폭풍의 대정령과 한판 붙기 전에 전초전을 치르죠. 어디 덤벼보세요."

그런 우리 앞에서는 어린애처럼 허리에 튜브를 걸친 메구밍이 옆에 있는 융융을 위협하고 있었다.

홍마족의 내수 장비라고 말했지만 저 두 사람이 입은 건 학교 수영복이다.

아마 일본에서 이 세상으로 온 어떤 바보가 퍼뜨린 것이리라.

아니, 바보라는 말은 좀 심했나. 누구인지는 모르겠지만 나이스다.

바로 그때였다.

"비가 와……."

누군가가 그렇게 중얼거린 순간, 하늘에서 비가 부슬부슬 내리기 시작했다.

즉, 우리가 향하는 곳에는 폭풍의 대정령이 있는 것이다.

그러고 보니 아까부터 바람이 점점 거세지고 있다.

그에 따라 하늘이 먹구름에 뒤덮였고 먼 곳에서 천둥소리가 들려왔다.

폭풍을 관장하는 대정령.

그것이 이 앞에 존재한다.

빗발이 점점 거세지는 가운데, 느닷없이 광풍이 휘몰아쳤다.

마치 더는 다가오지 말라며 우리에게 경고하는 것 같았고, 그런 대자연의 경이와 마주한 우리는 이윽고 걸음을 멈춘 뒤—.

"꺄앗?!"

한 여자 모험가가 비명을 지르자 우리는 일제히 그 소리가 들린 쪽을 쳐다보았다.

거기에는 비키니 타입의 수영복을 입은 여자 모험가가 부끄러워하듯 몸을 웅크리고 있었다.

수영복을 헐겁게 걸쳤던 건지, 방금 돌풍에 상의 부분이 벗겨진 것 같았다.

주위에 있던 여자 모험가가 허둥지둥 망토로 그녀의 몸을 숨겨주고 있을 때였다.

"이놈들아, 이런 바람에 겁먹지 말라고!"

""""오오오오오~!!""""

누군가가 그렇게 외치자 나를 비롯한 모험가들은 그 말에 동의한다는 듯이 힘찬 함성을 토했다!

—주위를 경계하면서 평원을 나아가던 우리의 눈앞에 이윽고 커다란 호수가 나타났다.

주위는 폭풍의 영향권에 들어가서 눈 호강을 기뻐할 여유도 없었다.

그리고, 호수의 중앙에는…….

"카즈마, 우선 내가 대정령을 훈계해볼게. 그러니까 다른 모험가들한테 정령을 자극하지 말라고 말해줘."

"아니, 그건 괜찮은데, 저건 대체 뭐야? 허공에 아름다운 누님이 떠 있는데, 혹시 저게 폭풍의 대정령 님이란 녀석이야?"

"그래. 저게 바로 물의 정령의 머나먼 친척인, 폭풍을 관장하는 대정령이야. 정령에게는 원래 형태가 없고, 사람들이 상상하는 형태로 변해. 그리고 물과 폭풍은 떼려야 뗄 수 없는 관계야. 아마 사람들은 폭풍이란 말에서 아름답고 현명하며 청아한 물의 정령을 연상한 거야. 그 덕분에 폭풍의 대정령도 저런 모습이 된 게 아닐까?"

자신의 권속인 물의 정령을 은근슬쩍 추켜세우는 게 신경 쓰이지만 눈앞에 있는 대정령이 청아하다는 말에는 위화감이 느껴졌다.

예를 들자면 삐친 누나 같은 느낌이랄까.

폭주 중이라는 대정령은 나른한 표정에 웨이브진 푸르고 투명한 머리카락이 더해지니 물장사하는 누님이 연상됐다.

그런 그녀를 향해 모험가들이 쇄도했다.

하지만 그런 그들을 제지한 아쿠아가 앞으로 나섰다.

호우와 바람에 휩싸인 아쿠아는 기도하듯 두 손을 모으더니 의연한 표정으로 호수 중앙에서 폭주하고 있는 정령과 시선을 마주했다.

신화 속의 한 장면 같은 그 모습은 평소의 아쿠아에게서는 상상도 되지 않을 신성한 느낌마저 감돌았고…….

무심코 침묵에 빠진 우리가 보는 앞에서 양손을 모은 채 앞으로 나아간 아쿠아가 기도를 하듯 눈을 감았다.

"그대, 나의 먼 일족에 속하는 위대한 폭풍의 대정령이여……. 물의 여신 아쿠아가 명하노라. 그 분노를 가라앉혀라……. 물 같은 평정심을 품고, 날뛰는 마음을 가라앉혀라. 자, 물의 여신을 따른다면, 지금 바로 폭풍을 잦아들게 하라……."

휘몰아치는 폭풍에 지지 않는 목소리로 노래하듯 외친 아쿠아가 이윽고 온화한 미소를 머금었다.

그리고 다음 순간, 느닷없이 휘몰아친 맹렬한 바람에 밀려나면서 우리가 있는 곳까지 굴러왔다.

아쿠아는 지면에 넙죽 엎드린 자세 그대로 한동안 꼼짝도 하지 않았다.

그런 아쿠아를 향해 대정령이 가운데 손가락을 세웠다.

"……물의 대정령의 하위호환이나 다름없는 폭풍의 대정령이 감히……! 좋아, 확 잡아서 우리 집 선풍기로 써주겠어!"

진흙으로 범벅이 된 아쿠아는 그 자리에서 벌떡 일어나 다시 호수를 향해 뛰어갔다.

원래라면 말려야겠지만 물가는 저 녀석의 독무대니까 하고 싶은 대로 하게 두자.

호우가 하늘에서 쏟아지고 폭풍이 미친 듯이 휘몰아쳤다.

그런 자연의 경이를 개의치 않는 듯이, 목숨 아까운 줄 모르는 남자들이 마법사를 지키기 위해 거칠어진 호수로 뛰어들었다.

"수영 못하는 녀석은 물 위에 떠 있기만 해도 돼! 마법사가 표적이 되는 걸 막는 게 최우선이야! 죽는 한이 있어도 마법사를 지켜!"

팔을 교차시켜 정면에서 돌풍을 막아선 남자가 그렇게 외치며 필사적으로 버텼다.

아아, 그래.

"다들 올해는 기대하라고! 폭렬마법 두 방에 상급 마법

급의 반격이잖아. 이 셋을 동시에 맞춘다면, 아마 과거 최대 급의 반격을 받을 수 있을 거라고!"

이 자리에 있는 건 사나이들이다.

한순간의 희망에 목숨을 거는 사나이들이다.

하지만 나도 그 심정은 이해한다!

"서큐버스 서비스는 최고지만, 때로는 진짜를 보고 싶어! 게다가 오늘은 위즈가 비키니 차림이잖아! 이 정도면 확률이 상당하다고!"

혼자만 평소 복장인 나는 주위 모험가들을 독려하면서 입고 있던 옷을 벗어 던졌다.

팬티 한 장만 걸치고 거칠어진 호수에 뛰어든 나는 튜브를 착용하고 개헤엄을 치고 있는 메구밍을 쫓아갔다.

육지에서는 호수 중앙에 떠 있는 대정령에게 마법을 명중시킬 수 없다.

그래서 이렇게 헤엄을 치며 다가가고 있는 거지만…….

"어이, 메구밍! 어떻게든 대정령 님의 주의를 끌 테니까, 너는 육지에서 대기해! 폭렬마법의 사정거리로 유인해볼 테니, 미리 영창을 해둬!"

"아, 알았어요! 하지만 상대는 대정령이에요! 공격이 먹히지 않는데, 어떻게 주의를 끌 거예요?"

나는 메구밍의 의문에 답하지 않은 채 자유형으로 대정령의 아래편으로……!

"아앗, 카즈마! 마침 잘 왔다! 미안하지만, 좀 도와주지 않겠느냐?!"

향하던 도중, 물에 빠지지 않으려고 필사적으로 튜브에 매달린 다크니스와 마주쳤다.

"미끼 역할의 적임자가 크루세이더 아니었어?! 왜 너는 보스전에서만 이렇게 얼간이가 되는 거야!"

"하, 하지만 말이다! 지금까지 헤엄을 칠 기회가 없었던 데다, 이렇게 수면이 거칠어서야……!"

튜브에 매달린 다크니스를 어쩔 수 없이 육지에 데려다줬을 즈음, 전황이 서서히 나쁜 쪽으로 흘러가기 시작했다.

"어이, 이번 대정령은 평소와 다르지 않아? 예년보다 더 거친 것 같은데……."

수영에 자신이 없는지 육지로 피난한 남자 모험가가 불안한 어조로 그렇게 중얼거렸다.

고개를 돌려보니 대정령의 주위에서 휘몰아치는 바람이 호수 중앙 부분에서 소용돌이를 만들어내고 있었다.

그뿐만 아니라, 대정령의 상태가 이상해 보였다.

내 눈에는 거칠어졌다기보다 왠지 괴로워하는 것처럼 보였다.

자신에게 다가오는 모험가를 전부 날려버리지만 여자 모험가들이 날린 중급 마법은 일부러 맞고 있었다.

정령에게는 마법이 걸린 무기 혹은 마법 공격으로만 대미지를 줄 수 있다.

그런데 마법 공격만 일부러 맞는 건 어째서일까?

다시 호수로 뛰어든 내가 영문 모를 행동을 하는 대정령을 육지로 끌어낼 방법이 없을지 생각한 바로 그때였다.

호수 중앙에 있던 모험가들이 육지를 향해 헤엄치기 시작했다.

그들 사이에 있는 융융과 위즈를 발견한 나는—.

"어이, 무슨 일이야? 왜 다들 돌아오는 건데?"

"아앗, 카즈마 씨! 호수 한가운데까지 헤엄쳐간 아쿠아 님이 대정령과 싸우기 시작하셨는데…… 그 바람에, 호수 중앙 쪽은 도저히 다가갈 수 있는 상태가 아니에요……."

그 바보는 왜 이렇게 괜한 짓만 벌이는 걸까.

"그 바보는 내가 끌어낼 테니까, 너희는 육지에서 대기하고 있어. 겸사겸사 대정령 님도 끌고 올게!"

"아, 알았어요! 무운을 빌겠어요!"

육지로 향하는 이들에게서 돌아선 나는 평형으로 헤엄을 치며 천천히 호수 중앙으로 이동했다.

4

"너, 적당히 좀 해!! 왜 내 말을 듣지 않는 거야?!"

『ββγ, Σβαα.』

"뭐~?! 다시 한 번 말해봐!"

『ββγ, Σβαα.』

“말하란다고 진짜로 말하면 어떻게 해! 그렇게 천벌을 받고 싶어?!”

호수 중앙에서는 공중에 뜬 대정령과 물에서 고개를 내민 아쿠아가 격렬한 말다툼을 벌이고 있었다.

“앗, 카즈마! 내 말 좀 들어봐! 이 애, 진짜 너무해! 입에 험한데도 정도라는 게 있거든?!”

『ΩΣΩΩβαβα…….』

“우와아아아아앙! 너, 절대 용서 안 할 거야!”

저기, 나는 대정령이 뭐라고 하는지 모르겠거든?

대정령이 괴상한 언어로 한 말에 아쿠아가 울음을 터뜨렸을 때, 나는 퍼뜩 어떤 생각이 들었다.

“어이, 아쿠아. 너, 대정령 님과 대화가 가능한 거지?”

“왜 이 입이 험한 녀석한테 존칭을 쓰는 건지 모르겠지만, 일단 의사소통은 가능해.”

『αααα…….』

“뭐어어어어어어어어어엇?!”

무슨 말을 들은 건지 모르겠지만 나는 발끈한 아쿠아에게 이쪽으로 와보라고 손짓했다.

그리고 다가온 아쿠아에게만 들릴 목소리로—.

“어이, 저 녀석을 어떻게든 육지로 유인할 수 없을까? 육지에서 다른 애들이 마법을 영창한 상태로 대기 중이야. 거기까지 유인하기만 하면……."

"아하, 저 빌어먹을 정령을 골로 보내버릴 수 있는 거구나!"

아무도 그런 소리는 안 했다고.

"알았어! 아까는 말싸움으로 졌지만, 이번에야말로……!"

이 녀석, 폭주한 정령에게 말싸움으로 진 거냐.

틀렸다. 아쿠아라면 또 질 게 뻔하다.

"어이, 아쿠아. 말다툼을 할 거면 이 말을 해……."

내가 속삭인 말을 들은 아쿠아가 고개를 끄덕이더니—.

"저기 말이야. 이 남자 말이…… 너는 변두리 가게에서 물장사하는, 늙어빠진 아줌마 같다고 하네."

—나는 맹렬한 기세로 헤엄치는 아쿠아에게 매달린 채 뒤를 돌아보았다.

"어이, 더 빨리 헤엄칠 수는 없어?! 대정령 님이 미친 듯 화내고 있단 말이야!"

"이래 봬도 죽을힘을 다하고 있는 거야! 그래도 속이 좀 개운해졌네! 역시 카즈마야! 평소 말싸움으로 여자애들을 울리고 다닐 만해!"

"어이, 그런 소리 하지 마! 또 이상한 소문이 퍼질 거라고!"

참치 뺨치는 속도로 헤엄치는 아쿠아 덕분에 곧 육지에 도착할 것 같았다.

그곳에서는 마법 영창을 마친 메구밍과 다른 이들이 대기

하고 있었다.

나는 아쿠아의 등에 매달린 채 육지를 향해 고함을 질렀다.

"어이, 메구밍! 준비됐지?! 기합 넣어! 네가 마무리라고! 처음은 융융, 다음은 위즈, 그리고 마지막은 네 순서로 마법을 날려!"

그리고 그 후에는 고대하고 고대했던 광경이 펼쳐질 것이다!

"그건 괜찮지만, 폭풍의 대정령은 폭주 중에 마법 공격을 받으면 정신을 차린 후에 받은 공격에 비례해 돌풍을 일으킨다고 들었어요! 한꺼번에 마법을 세 방이나 맞추기보단, 우선 한 방씩 날려서 상황을 살피는 게……!"

메구밍이 내 말에 그렇게 대꾸했고 나는 그렇게 외치는 메구밍을 향해—.

"이 바보야! 너는 그러고도 모험가냐?! 상대의 반격을 두려워하면 어떻게 해!"

나는 대정령에게 쫓기면서도 무심코 발끈했다.

이윽고 바닥을 구르듯 지면에 도착한 나는 메구밍에게 따졌다.

"폭풍의 대정령은 매년 폭주한다고 들었어! 그렇다면, 우리 손으로 이 자리에서 결판을 내는 거야! 그러면 태풍 때문에 괴로워하는 사람이 더는 늘어나지 않을 거라고……!"

"카즈마……! 윽, 하마터면 납득할 뻔했네요. 그럴 거라면 우선 융융이 한 방 날린 후, 정신을 차린 대정령에게 저의 필살 마법으로 기습을 한다는 방법도……."

바로 그때였다.

"실망이야, 폭렬걸! 너라면 정정당당히 승부를 할 줄 알았다고!"

우리의 대화를 들은 건지 한 모험가가 메구밍을 질책했다.

뒤를 이어 다른 모험가도 고함을 질렀다.

"그래! 너는 누구보다 무모하고 터무니없는 녀석이라고 생각했어. 액셀에서 가장 목숨 아까운 줄 모르는 놈이라고 여겼다고! 그런 녀석이 뭐? 적의 반격이 무서워서 찔끔찔끔 공격해? 완전 실망이야!"

"뭐, 뭐어어?! ……그렇게까지 말한다면 좋아요. 홍마족의 진정한 힘을 보여주겠어요! 자, 융융! 시작하죠!"

"아, 알았어! 그래. 마을 사람들을 생각하면, 이 자리에서 해치워버리는 편이 나을 거야!"

모험가의 도발에 넘어간 눈이 새빨갛게 빛나는 메구밍이 앞으로 나서자, 융융 또한 그 뒤를 따랐다.

그런 홍마족들을 배웅하며 아까 말을 한 모험가들이 나를 향해 엄지를 치켜세웠다.

나 또한 그 두 사람에게 잘했다는 듯이 엄지를 치켜세운 후 우물쭈물하는 다크니스를 잡았다.

"부탁해, 다크니스! 지금이 네가 나설 때야! 재들이 완전히 해치우지 못한다면, 과거 최대급의 반격이 날아오겠지.

그때는 네가 사람들을 지켜줘!"

"나한테 맡겨다오! 보스전에서 전혀 도움이 안 된다는 오명을 씻고야 말겠다!"

바로 그 기개야! 잘 부탁한다고, 에로 담당!

……나는 앞으로 나선 다크니스를 보고 문뜩 눈치챘다.

이 녀석의 수영복은 원피스잖아.

그러면 강렬한 돌풍을 맞아도 벗겨지지 않을 거야.

게다가 이 녀석이 나선 바람에 다른 사람들의 수영복도 벗겨지지 않을 거라고.

"어이, 다크니스. 잠깐 기다……."

내가 그녀를 부른 바로 그때였다.

평소보다 의욕이 넘치는 융융이 지팡이를 고쳐 쥐었다.

그녀의 새빨갛게 빛나는 눈은 다가오고 있는 대정령을 향하고 있었다.

"융융, 지금이야말로 홍마족의 진정한 힘을 보여주는 거예요!"

"아빠, 엄마……! 저, 홍마족으로 태어난 것을 처음으로 감사해요! 지금, 다른 사람들이 저에게 의지하고 있어요! 『라이트닝 스트라이크』!"

아마 저 한 방에 모든 마력을 쏟아부은 것이리라.

고함을 지르면서 쓰러진 융융이 위즈에게 부축을 받으며 고개를 들었다.

융융의 시선이 향한 곳에서는 하늘에서 내려온 한 줄기 낙뢰에 몸을 꿰뚫린 대정령이 온몸을 부르르 떨고 있었다.

그에 맞춰 난폭해진 대정령의 몸이 아주 약간 희미해진 느낌이 들었다.

“다음은 제 차례예요! 더는 마을 사람들이 태풍을 걱정하는 일이 없도록 최선을 다하겠어요! 『익스플로전』!”

융융에 이어서 위즈가 날린 폭렬마법이 휘몰아치는 태풍의 격류를 밀어내며 대정령에게 명중했다.

굉음과 함께 호수가 크게 넘실대는 가운데, 대정령이 어떻게 됐는지 확인하지도 않고……!

“나의 힘, 나의 이름으로, 폭풍의 대정령에게 종언을! 붉은 격류를 받아라! 『익스플로전』—!!!!!!”

대마법 3연발 중 마무리를 맡아서 그런지 텐션이 이상해진 메구밍이 결정타를 날렸다.

……그것을 본 나는 솔직히 말해 당황했다.

이거, 대정령 님이 소멸되는 거 아냐?

아니, 겨울의 대정령인 동장군도 폭렬마법 한 방으로는 해치울 수 없었다.

그러니 아마 괜찮을 것이다……!

괜찮을, 거라고, 생각하는데…….

아직도 이어지고 있는 호우와 폭발에 휘말린 물이 사방에 쏟아지는 가운데, 시야가 서서히 맑아지자…….

"오오, 견뎌냈어! 대정령 님이 견뎌냈다고!"

아까에 비해 흐릿해진 대정령이 분노에 찬 표정 대신 온화한 미소를 머금으며 떠 있었다.

그 모습을 본 나는 모험가들과 함께 환성을 질렀다!

그러자 융융을 간호하던 위즈가 분하다는 듯이 얼굴을 찡그렸고—.

"저기, 여러분? 상대를 해치우지 못했는데 왜 그렇게 기뻐하는 거죠?"

지면에 쓰러진 메구밍이 우리를 향해 태클을 날렸다.

참고로 다크니스도 우리와 함께 기뻐하고 있는 것은 아마 강렬한 일격을 기대하기 때문이리라.

하지만 지금은 그런 걸 신경 쓸 때가 아니다. 이제부터가 하이라이트니까!

빨리 다크니스를 물러서게 해야…….

"대정령 님이 웃고 있네?"

누군가가 그렇게 중얼거린 순간, 다들 퍼뜩 눈치챘다.

대정령은 살며시 고개를 숙이며 우리에게 고맙다는 말을 하는 것 같았다.

정신을 차리고 보니 폭풍도 잦아들었고 대정령 또한 온화한 표정을 짓고 있었다.

……아아, 그래.

"저 애, 바다 위에 있는 마력의 응집 장소에서 마력을 너무 빨아들인 탓에 자기 자신을 컨트롤할 수 없었나 봐. 정령에게 마력은 생명의 원천이니까, 대미지를 받으면 마력을 이용해 회복하는 거야."

그 모습을 보고 있던 아쿠아가 한 말을 듣고 나는 대정령이 마법 공격을 무방비하게 맞은 이유를 눈치챘다.

저 대정령은 매년, 과도해진 마력을 소비하기 위해 이곳에 오는 것이다.

『γΣγα? α, Δβγ!』

상냥한 표정을 지은 대정령이 알아들을 수 없는 수수께끼의 언어로 말을 했다.

"어라? 과식한 마력의 소화를 도와준 답례를 하겠다네. 개의치 않아도 되는데 말이야. 하지만 정 답례를 해주겠다면 그냥 받아줘도 되겠지?"

아쿠아가 그 말을 통역해줘서 나는 확신했다.

답례.

그렇다. 정신을 차린 대정령이 수영복 차림의 모험가들에게 강렬한 돌풍을 날리는 건, 그녀 나름의 답례인 것이다.

대정령이 우리를 향해 손을 내밀더니 우리가 고대한 답례를—!

"『세이크리드 브레이크스펠』!"

대정령이 돌풍을 날린 순간, 아쿠아가 마법을 사용했다.

아쿠아가 대정령의 답례를 소멸시킨 것이다.

"너, 답례랍시고 무슨 짓을 하는 거야?! 방금 어마어마한 바람을 날리려고 했지?!"

『β, βΣΩβ.』

"누가 눈치 없다는 거야! 답례라며 공격을 하려고 했으면서, 나를 바보 취급해?!"

눈치 없는 아쿠아 를 본 남성 모험가들이 아연실색한 가운데…….

『αααα…….』

"저기, 왜 이 마을 모험가들이 불쌍하다는 건데? 네 기습을 막아준 나한테 고마워해야 하는 거 아냐? 걔들이 불쌍한 일은 딱히 없거든?"

나는 폭풍의 대정령 님에게 이렇게 빌 수밖에 없었다.

『βΩ, γγγ…….』

"저기 말이야. 내년에도 잘 부탁해요, 하고 걔가 너희한테 전해달라고 하네."

저희야말로 내년에는 잘 부탁드립니다.

○○요리를 맛보세요……!

1

"아얏!"

그것은 어느 날의 오후에 일어난 일이다.

촘스케가 저택에 놀러 온 크리스를 할퀸 바람에 그녀가 비명을 질렀다.

"……이게 무슨 짓이야. 네가 좀 귀엽게 생겼다고 봐줄 생각은 없거든?"

"후~!!"

소파에 드러누운 내 앞에서는 사람을 잘 따르는 촘스케가 크리스를 위협하고 있었다.

입으로는 화난 발언을 하면서도 촘스케를 쓰다듬고 싶은지 손을 꼼지락거리는 크리스의 앞에서, 나는 보란듯이—.

"자, 촘스케. 이리 와. 내가 털을 빗겨줄게."

"야옹~!"

"앗! 자, 잠깐만!"

내가 손짓을 하자 소파에 올라온 촘스케가 내 가슴 위에서 몸을 동그랗게 말았다.

내가 누운 채로 빗질을 해주니 크리스의 옆에서 책을 읽던 다크니스가 말했다.

"……촘스케는 왜 카즈마만 저렇게 따르는 거지? 메구밍은 주인이니 예외로 치더라도, 나는 손도 못 대게 한다만…….”

그리고 촙스케를 빗겨주는 나를 부러운 눈길로 쳐다보았다.

이 고양이는 다크니스가 주는 먹이는 먹지만 만지려고 하면 앞발로 그 손을 쳐낸다.

그리고 아쿠아는 아까 전에 크리스에게 한 것처럼 확 할퀴는 것이다.

“동물은 사람의 마음에 민감하다잖아? 이 녀석은 내 인간성을 꿰뚫어 보고 따르는 거야.”

“카즈마의 인간성……. 고양이 빰치게 나태한 점에 끌리는 건가?”

휴가를 즐기고 있는 역전의 모험가에게 무슨 소리를 하는 거야.

“으음. 나의 맑디맑은 혜안으로 보아하니, 이 애는 마에 속한 존재가 틀림없어. 아쿠아 씨와 다크니스를 따르지 않는 것도 성직자를 싫어해서 그러는 게 분명해.”

“크리스까지 아쿠아 같은 소리를 하네. 하지만 그렇게 치면 이 애가 도적인 크리스를 적대할 이유가 없지 않아?”

내가 별생각 없이 그렇게 말하자 크리스는 몸을 부르르 떨었다.

“그, 그건……. 저기, 아까 네가 말했잖아? 동물은 사람의 마음에 민감하다고 말이야. 이 사악한 털북숭이는 내 청아한 마음을 싫어하는 게 틀림없어.”

"초면인 사람한테 다짜고짜 스틸 승부를 하자고 한 녀석이 무슨 소리를 하는 거야?"

책을 읽던 다크니스는 나와 크리스의 대화를 듣고 웃음을 흘렸다.

"봐, 크리스. 아가씨께서 웃고 있잖아. 자기가 승부를 제안해놓고 팬티를 빼앗긴, 못난 친구가 한심해서 웃는 거라고."

"너무해요, 아가씨! 웃음 안 그치면 스틸을 날릴 거야!"

"두 사람 다 나를 아가씨라고 부르지 마라! 그리고 그런 의미로 웃은 게 아니란 말이다!"

읽던 책에 책갈피를 끼운 아가씨가 우리를 향해 고개를 돌렸다.

"나 말고는 아무와도 파티를 짜지 않고 솔로 활동을 주로 하던 크리스가, 이렇게 카즈마와 즐겁게 지내는 게 기뻐서 웃은 거다. 친구가 없나 싶어 걱정했다만, 어엿한 사교성을 지닌 것 같아서 안심했다고 할까……."

"어이쿠, 이건 스틸 형벌을 날려야겠네. 카즈마 군, 아가씨를 잡아줘."

"좋아. 협력할게. 그러고 보니 나도 다크니스에게 스틸을 날린 적이 없어. 누가 더 좋은 걸 빼앗는지로 승부할래?"

크리스는 아가씨답지 않게 후다닥 도망치려 하는 다크니스를 향해 손을 내밀더니—.

“『바인드』!”

“이, 이익! 구속 스킬까지 쓰다니, 설마 진심인 것이냐?!”

크리스에게 로프로 구속당한 다크니스가 융단 위를 굴러다니며 다급한 목소리로 고함을 질렀다.

“기, 기다려라, 크리스! 꽁꽁 묶인 후, 너희의 스틸로 내 옷이 하나하나 벗겨지는 거지?! 귀족영애인 내가 그런 짓을 당했다간……!”

“아가씨라면 기뻐하지 않을까? 어떻게 좀 해봐. 일단은 이 녀석의 친구라며?”

“으음, 옛날에는 이 정도로 심각하지 않았어……. 때때로 드는 생각인데, 이 애는 진짜로 대귀족의 영애인 걸까…….”

꽁꽁 묶인 다크니스가 갑자기 진지한 표정을 짓고 말했다.

“마, 맞아! 너희가 즐거워 보여서 방해하지 않을까 했는데, 실은 크리스에게 와 달라고 한 이유가 있다. 저기, 대귀족의 영애로서 너에게 부탁할 일이 있어서 말이다.”

“이 녀석, 건방지게 이런 꼴로 귀족 오라를 뿜고 있어. 꼼짝달싹 못 하는 틈에 얼굴에 낙서라도 해줘야지.”

“갑자기 진지 모드로 들어가봤자 용서 안 할 거야. 『저는 음란하고 못난 애예요』라고 적어줄게.”

“아앗, 하, 하지 마라! 하다못해 지워지는 도료로 적어다오! 내일, 중요한 볼일이 있단 말이다!”

크리스에게 낙서를 당한 다크니스는 왠지 기뻐 보이는 표정으로 그렇게 호소했다.

—다크니스가 크리스에게 할 부탁이란, 내일 예정된 중요한 볼일에 동행해 달라는 것이었다.

나는 동행하지 않아도 되는지 물어봤지만 크리스만으로 충분하다고 한다.

뭐, 이 두 사람은 오랫동안 알고 지냈으니 때로는 친구끼리 놀고 싶은 걸지도 모른다.

…………

"그러고 보니, 크리스한테 친구가 없나 싶어 걱정한 다크니스는 친구가 있어? 나는 네 친구를 본 적 없거든."

"무, 무례한 소리 마라. 귀족 지인이라면 차고 넘칠 만큼 있다! 너한테 소개해줄 수 없을 뿐이다!"

이 녀석, 꼼짝도 못 하는 상황에서 저런 소리를 늘어놓네.

왜 나한테 소개해줄 수 없는 건지, 어디 한 번 들어볼까!

"어이, 카즈마. 그 손은 뭐냐?! 꼼짝도 못 하는 나한테 무슨 짓을 하려는 거냔 말이다……! 크, 크리스, 도와다……어이, 너도 지금 뭘……!"

그 후 다크니스는 간지럼 태우기에 당해 축 늘어졌다. 크리스는 다크니스를 묶은 로프를 풀고 창밖을 쳐다보았다.

"……이미 저녁 때가 다 됐네. 두 사람이 너무 늦는 거 아냐?"

크리스가 말한 두 사람이란, 일과를 하러 간 메구밍과 그녀와 동행한 아쿠아다.

어찌 된 건지 오늘은 아쿠아가 메구밍의 어부바 담당을 자처했는데…….

"뭐, 재수 없는 아쿠아가 사고를 친 바람에 몬스터에게 쫓기게 됐고, 메구밍이 의기양양하게 앞뒤 가리지 않고 마법을 날렸다가, 그 폭음에 개구리들이 몰려와서 그대로 따끔한 맛을 보고 있을 거야. 슬슬 주위에 있던 모험가들에게 구조된 두 사람이 엉엉 울면서 돌아올 때가 됐네."

"에이, 그건 말도 안 돼. 그 두 사람도 충분히 베테랑이니까……. 저기, 너는 동료에 대한 신뢰가 부족한 거 아냐? 다크니스도 무슨 말 좀 해봐."

크리스는 그렇게 말하고 어처구니없다는 듯이 쳐다봤지만…….

"……일단 나는 목욕 준비를 해두마. 카즈마는 현관에서 욕실까지의 바닥에 신문지를 깔아둬라. 개구리 점액이 융단에 배면 지우기 어려우니 말이다."

"다크니스?!"

크리스가 깜짝 놀란 목소리로 그렇게 외친 순간이었다.

현관문이 열리더니 눅눅한 발소리를 내며 터벅터벅 걸어온 누군가가 모습을 드러냈다.

"다녀왔어요~."

"으, 흑…… 끈적끈적해……. 비린내 나……."

엉엉 우는 아쿠아에게 업혀온 메구밍이 비틀거리면서 현관에 내려섰다.

두 사람은 한시라도 빨리 목욕을 하러 가고 싶은 것 같지만 다크니스가 개구리 점액으로 번들거리는 메구밍을 급히 막아섰다.

“두, 두 사람 다 기다려라. 이대로 들어오면 안 된다! 지금 신문지를 깔 테니까…….”

번들밍은 그런 다크니스를 힐끔 쳐다보더니 입가를 히죽거렸다.

“어라, 다크니스. 오늘은 평소보다 훨씬 귀족 아가씨 같은 복장을 하고 있네요. 왜 그런 꼴을 하고 있는 거죠? 크리스가 놀러 온 것 같은데, 혹시 둘이서 밤놀이라도 하러 갈 건가요? 역시 음란하고 못난 애답군요.”

“얼굴의 낙서는 언급하지 말아다오. 그리고 본가에서 보내준 내가 아끼는 옷을 입었을 뿐인데……. 메, 메구밍, 왜 그런 표정을 짓는 것이냐? 어이, 왜 슬금슬금 다가오는 거냔 말이다!”

얼굴이 새파랗게 질린 다크니스가 뒷걸음질을 치자 끈적밍이 느닷없이 달려들었다.

“내 이름은 메구밍! 폭렬도의 극치를 추구하는 저를 막아선 자는, 설령 귀족 아가씨일지라도 봐주지 않을 거예요! 후하하하하하하하, 저희는 동료잖아요! 다크니스만 깨끗하게 둘 수는 없어요!"

"아앗?! 잠깐, 기다……! 크윽, 아끼는 옷이 개구리 점액으로 범벅이 되는 것으로 모자라, 그런 꼴사나운 모습을 친구와 카즈마에게 보여주다니……! 이래서는 더스티네스 가문의 선조들을 뵐 면목이 없다……!"

"맞아. 너는 일단 선조들에게 한번 제대로 사과하고 와."

그런 광경에 질린 크리스가 무심코 중얼거렸다.

"……너희와 파티를 짠 후로, 다크니스가 점점 더 더럽혀지고 있네……."

이 녀석은 원래 이랬다고.

2

그런 평소와 다름없는 광경이 펼쳐진, 다음 날.

크리스가 묵게 되면서 다 같이 늦게까지 논 탓에, 나는 저녁때가 되어서야 잠에서 깼다.

주린 배를 안고 1층으로 내려가 보니 메구밍과 아쿠아가 이제나저제나 하면서 나를 기다리고 있었다.

이번 주 식사 당번은 다크니스지만 오늘 밤은 크리스와 볼일이 있다고 한다.

다크니스가 다른 날로 당번을 바꿔줬으면 한다고 부탁을 했고, 그렇다면 오늘 밤은 우리도 외식하기로 했다.

그리고 내 머리끝부터 발끝까지 살핀 아쿠아가—.

"저기, 카즈마. 모처럼 비싼 가게에 가는데, 운동복 차림은 좀 아니지 않아?"

"운동복은 백수의 정장이야. 즉, 승부 복장 같은 거니까 괜찮아."

"이 남자, 결국 자기가 백수라는 걸 인정했어요."

그러고 보니, 메구밍은 한 벌밖에 없는 검은색 원피스를 입고 있는데…….

"그러는 너도 평소와 마찬가지로 하늘거리는 옷을 입고 있잖아. 나한테 그런 소리할 자격 없거든?"

"이 옷은 여신의 정장이야. 즉, 승부 복장 같은 거니까 괜찮아."

이 녀석, 나와 똑같은 소리를 했어.

—마을에 간 우리는 평소 발을 들이지 않는 부유층 주거 구역으로 향했다.

길을 가는 사람들도 꽤 고가의 옷을 입고 있는 것 같았다.

"카즈마 씨, 카즈마 씨. 나, 저 가게에 가고 싶어. 돈이 없었을 때라면 몰라도, 지금의 우리라면 충분히 들어갈 수 있을 거야."

아쿠아가 그렇게 말하며 손가락으로 가리킨 것은 길가 쪽이 유리로 된 화려한 가게다.

나와 아쿠아는 유리 너머로 가게 안을 살펴보았다.

"어이. 아쿠아. 안에서 식사를 하는 녀석들과 웨이터의 옷차림을 보라고. 쟤들 옷차림에서도 서민 입장 사절 오라가 뿜어져 나오고 있잖아."

"어머나. 저 사람들의 얼굴을 봐. 마치 이상한 사람과 시비가 붙은 것처럼, 우리를 쳐다도 안 보네. 아랫것들과는 눈도 마주치기 싫나 봐!"

유리에 들러붙은 우리의 시선을 받은, 부자로 보이는 손님이 허둥지둥 고개를 돌렸다.

그런 우리에게서 한걸음 떨어진 곳에 있던 메구밍이—.

"두 사람 다 잘 보세요. 안에 있는 건 귀족분들이에요. 다크니스처럼 아름다운 빛깔은 아니지만, 금발벽안의 사람들이 꽤 있네요."

"아하, 귀족을 주로 상대하는 가게구나. 꽤 비싸 보이기는 하는데, 만약 돈이 모자라면 다크니스의 이름을 대고 외상하자. 귀족 아가씨인 그 녀석이라면, 이 가게 점원도 알 거야."

"그래. 동료끼리 상부상조해야지. 위기에 처하면 다크니스에게 의지하는 거야. 그리고 우리는 모험가잖아? 모험을 해야 할 거 아냐!"

나와 아쿠아가 문을 열자 웨이터가 부리나케 뛰어왔다.

"소, 손님. 저기…… 이 가게는 드레스 코드라는 게 있어서……."

"나는 모험가인 사토 카즈마야. 즉, 이 복장이 정장이거든?"
"나는 아크 프리스트인 아쿠아 님이야. 그리고 아크한 프리스트인 나 또한, 이 복장이 정장이지."
모험가는 한번 얕보이면 끝장이다. 이럴 때는 세게 나가야만 한다.
"……손님. 저희 가게는 믿을 만한 분의 소개 없이는 이용할 수 없으며, 오늘은 고귀한 분들께서 통째로 이 가게를 빌리셨습니다만……."
이 세상에도 초면인 손님을 거절하는 가게가 있다는 게 놀랍다. 그리고 고귀한 분들이라면 귀족을 말하는 것이리라.
우리가 평범한 모험가라면 겁먹고 도망쳤겠지만—.
"고귀한 분들이 뭐가 그리 잘났는데? 여기 계신 분은 아쿠시즈교의 여신님이라고."
"나를 잘 대접한다면, 물의 여신의 단골 가게라는 간판을 거는 걸 허락해주겠어."
"런치 이용권을 드릴 테니 오늘은 제발 돌아가 주십시오."
……바로 그때였다.
이용권을 받고 으쓱한 우리의 곁으로 한 여성이 뛰어왔다.
"너희는 여기서 뭘 하는 거냐! 미안하다. 이 두 사람은 내 지인…… 어, 어이! 셋 다 도망치려고 하지 마라!"
어젯밤보다 더 귀족 아가씨 같은 복장을 한 다크니스가 도망치려 하는 우리를 붙잡았다.

"왜 너희가 이런 가게에 온 것이냐. 여기는 서민이 함부로 드나들 가게가 아니란 말이다."

다크니스는 귀족들에게 호기심 어린 시선을 받으며 당혹스러운 표정으로 그렇게 말했다.

"어이쿠, 옛날이면 몰라도 지금은 나도 꽤 주머니가 두둑하거든? 이런 사치 정도는 부릴 수 있다고, 라라티나."

"맞아. 나도 돈 좀 번단 말이야, 라라티나."

"참고로 저는 아무 상관 없어요. 이 가게 사람과 싸우지도 않았거든요?"

"이름으로 부르지 마라! 그리고 메구밍도 말리지 않았으니 매한가지다! 잘 들어라. 현재 여기서는 귀족이 파티 중이다. 나중에 맛있는걸 사갈 테니까……."

라라티나가 흐트러진 모습을 보이는 게 신기한지 귀족들이 흥미롭다는 눈길로 우리 쪽을 쳐다보는 가운데, 주최자로 보이는 한 귀족영애가 우리에게 다가와서 입을 열었다.

"특이한 복장을 한 분들이군요……. 라라티나 님의 지인이라면 신원도 확실할 테니, 이대로 파티에 참석해도 된답니다."

붉은색 드레스를 입은 금발벽안의 누님이 그렇게 말하고 웃음을 흘렸다.

"아, 이 세 사람은 모험가라 이런 파티에 익숙하지 않지. 카즈마, 여기에는 귀족뿐이다. 긴장해서 식사도 제대로 못

할 거고…….”

다크니스가 그런 말로 타이르려 했지만—.

“모험가인 우리가 이제 와서 그런 걸로 긴장할 리 없잖아? 걱정하지 마. 아무리 나라도 귀족한테 무례를 범하진 않는다고. 좀 연줄을 만들 생각일 뿐이야.”

“카즈마 씨의 말이 맞아. 비싸 보이는 술이 있는 것 같은데, 곯아떨어질 때까지 마시진 않을 테니 안심해. 선물로 가장 비싼 녀석을 한 병만 챙겨갈게.”

“저도 다크니스의 체면이 손상되지 않도록, 요리를 조금만 챙겨서 돌아갈게요.”

“저녁 식사비를 대줄 테니 제발 돌아가다오!”

—가게 구석으로 연행된 우리는 다크니스에게 돌아가달라는 설득을 당했다.

다크니스의 설명에 따르면 이 자리는 일반적인 파티와 다르다고 한다.

요인 경호를 생각하면 주최자의 저택에서 열려야 하지만 이 자리는 미식을 즐기는 귀족들이 별미를 맛보는 파티인 것 같았다.

……아하. 그래서 가게에서 파티를 열었을 뿐만 아니라, 우리 같은 기묘한 손님이 왔는데도 다들 요리에만 관심을 보이는 거구나.

때때로 우리를 힐끔거리는 귀족도 있지만 눈이 마주치자

마자 화들짝 놀라 고개를 돌리는 느낌이 드는 건 내 기분 탓일 것이다.

"그건 그렇고, 다크니스도 이런 제대로 된 파티에 참석하는구나. 맞선을 질색하는 방탕 영애라도 자기 의무는 다하고 있는 거네."

"누가 방탕 영애라는 것이냐! 뭐, 어엿하게 의무를 다하고 있냐고 묻는다면, 체면치레 정도만 한다고 말할 수밖에 없다만……."

후계자가 필요한 귀족 가문의 외동딸이라서 약혼자를 만들지 않은 걸 신경 쓰고 있나 보다.

"그럼 우리는 다크니스에게 방해가 되지 않도록 얌전히 밥을 먹을 테니까, 너는 미남 귀족을 헌팅하거나 격이 낮은 귀족을 괴롭혀."

"너는 귀족 파티를 오해하고 있는 것 같구나! 큭, 다들 절대 돌아가지 않을 생각인 거지? 어쩔 수 없지. 너희에게 사실대로 이야기해주마……."

다크니스는 그렇게 말하더니 엿듣고 있는 이가 없는지 주위를 둘러본 후—.

"실은, 때때로 열리는 이 파티와 관련된 수상한 소문을 예전부터 들었다. 이 파티에서 금지된 식재료가 제공된다는 소문인데……."

평소와 달리 진지한 표정을 짓고 낮은 목소리로 그렇게 말했다.

……금지된 식재료라면, 지구의 워싱턴 조약으로 보호되고 있는 멸종 위기종 같은 걸 말하는 건가?

"……아하. 감히 하급 귀족 주제에 나를 제쳐놓고 희귀한 식재료를 먹어? 공작 가문 아가씨의 권력으로 독차지해야지~ 같은 생각으로 온 거구나."

"약았어, 다크니스. 나도 먹고 싶단 말이야! 우리는 동료잖아?!"

"그런 거라면, 별미에 일가견이 있는 저도 맛을 봐주겠어요."

"금지된 물품을 단속하려고 잠입한 것이다! 너희까지 범법 행위를 저지르려고 하지 마라!"

다크니스가 호소하듯 외친 바로 그때였다.

가게의 문이 열리더니 키가 작은 미소년이 모습을 드러냈다.

그 소년은 주위를 둘러본 후 곧 우리를 향해 다가와서—.

"늦어서 미안해. ……어, 너희도 왔구나?"

검은색 턱시도를 완벽하게 소화한 은발 미소년, 아니—.

"저기, 다크니스. 늦은 건 사과하겠는데, 네가 준 이 옷에 관해 할 이야기가 있어."

퉁명한 표정으로 그렇게 말한 크리스가 다크니스를 도끼눈으로 쳐다보면서 낮은 목소리로 그렇게 말했다.

3

다크니스는 지각한 크리스와 우리를, 자기 대기실 같은 방으로 끌고 갔다.

"그어니까, 대제 왜 나를 이런 골로 만든 건지 설명 좀 해바.

아직 납득이 안 되는 듯한 표정인 크리스가 파티장에서 가져온 새의 발로 만든 요리를 먹으며 그렇게 말했다.

"이 파티에서 범죄 행위가 자행된다는 소문이 있다. 그래서 믿을 수 있는 사람인 크리스에게 동행을 요청한 거다만……."

다크니스가 미안하다는 표정으로 그렇게 설명하자—.

"그랬구나. 그럼 나는 뭘 하면 되는데?"

크리스는 그렇게 말하더니 자세한 이야기를 듣지도 않고 미소로 답했다.

사람들 앞에서 남장을 하게 됐으면서도 자세한 이야기를 듣지 않고 쾌히 승낙한 크리스는, 역시 다크니스의 절친이라는 생각이 들었다.

오랫동안 알고 지낸 사이인 만큼, 길게 말을 주고받지 않더라도 서로를 신뢰하고 있는 것이리라…….

"음. 옛날부터 내가 파티에 참석하면 더스티네스 가문을 노리는 남자들이 들러붙거든. 그래서는 조사를 할 수 없으니, 크리스에게 내 연인 역할을…… 아, 앗, 뭐하는 것이냐!"

"이 애는 따끔한 맛을 한번 봐야 할 것 같네! 남성복을 입는다고 남자로 보일 리 없잖아!"

그렇게 말하며 다크니스의 볼을 잡아당긴 크리스는 변성기 이전의 미소년 같아 보였다.

이 두 사람은 오랫동안 알고 지냈지만 신뢰 관계 같은 건 눈곱만큼도 존재하지 않았다.

……어라?!

"어이, 다크니스. 잠깐만 있어 봐! 연인 행세를 해줄 사람이 필요하면 나한테 부탁하면 되잖아!"

"너, 너의 평소 행실을 생각해보고 그런 소리를 해라. 파티장에서 다른 귀족 영애를 보며 희죽거리던 남자가 무슨 소리를 하는 건지……."

다크니스도 그렇지만 귀족 중에는 외모가 반반한 사람이 많으니 어쩔 수 없잖아.

"뭐, 그렇다면 나도 협력해줄게. 우리는 동료잖아!"

"예. 다크니스를 이대로 못 본 척할 수는 없으니까요. 홍마족의 두뇌가 빛날 순간이에요."

두 사람의 의욕을 보이자 다크니스는 왠지 돌아가 줬으면 하는 표정을 짓고 말했다.

"그럼 크리스에게는 파트너 역할을 부탁하마. 파티장 안의 요리를 조사해서 금지된 물품이 쓰이지 않았는지 확인하는 동안, 너희는…… 으음, 귀족들의 주의를 끌어줬으면 하는데……."

다크니스가 머뭇거리며 그렇게 말했고 아쿠아와 메구밍은 고개를 끄덕였다.

"내 연회용 개인기를 써먹을 때인 거네. 맡겨만 줘."

"아니에요. 거만한 귀족한테 시비를 걸어서 주목을 모으라는 의미예요."

"얌전히 식사만 해주면 된다! 그렇게만 해도 충분히 주의를 끌 거다!"

―파티장으로 돌아온 우리는 귀족들에게 자기소개를 한 후에 요리를 먹어대기 시작했다.

"가즈마 시, 가즈마 시. 저 새우, 진자 마시써!"

"이 생선도 갠잔네! 이러케 마싯는 건 처음 머거바!"

아쿠아와 함께 요리를 먹는 우리를 귀족들은 어이없다는 듯이 바라봤다.

"그건 저희 가문에서 준비한 위세 새우와 등롱 아귀입니다! 이야, 평민이 이 맛을 이해할 줄은 몰랐어요!"

아니, 즐거운 듯 미소를 짓고 감탄한 표정으로 나를 쳐다보았다.

나는 입안의 음식을 삼킨 후 그 남자에게 감사의 뜻을 표했다.

"새우와 생선도 참 맛있었어요. 탱글탱글한 새우의 살이 크림소스와 잘 어우러졌고, 흰살생선도 감귤 간장과 궁합이 끝내주네요. 어디서 들어본 적 있는 식재료인데, 이것들은 비싼가요?"

"예, 물론이지요! 딱딱한 껍질을 지닌 데다 호전적인 걸로 널리 알려진 위세 새우는 고레벨 모험가만 겨우 잡을 수 있습니다! 그리고 등롱 아귀는 어둠과 빛 속성의 마법을 쓰는 강적이에요. 포획 의뢰를 하려면 거금을 들여야만 하지요……."

자기가 준비한 식재료를 칭찬받아서 기쁜 남자가 열심히 설명을 하는 동안에도, 아쿠아는 감탄사를 토하며 다람쥐처럼 입안에 요리를 욱여넣고 있었다.

매너에서 어긋나는 짓이라 사람들이 인상을 찡그릴 줄 알았지만 파티에 온 귀족들은 다들 기뻐 보였다.

뭐랄까, 손자에게 음식을 먹이는 할머니 같은 표정을 짓고 있었다.

아무래도 미식가인 그들은 자기가 맛있다고 생각하는 음식을 대접하고, 또한 그것을 맛있게 먹어주는 모습을 보는 걸 좋아하는 것 같았다.

"거기, 소년. 이 요리도 먹어보렴. 북해의 거친 파도에서 자란 해룡을 특별한 요리법으로 만든 거란다. 원래 해룡은 딱딱해서 먹을 수 없지만, 연금 냄비로 장시간 찌면 스푼으로 자를 수 있을 만큼 부드러워……."

"아, 이 킹 대뱃살 연어의 소테도 추천하지. 호사스럽게도, 고급 로마네 콘스탄티를 듬뿍 써서 만든……."

"너희는 꽤 리액션이 좋은걸. 여기 모인 이들은 이 세상에 존재하는 진귀한 음식을 대부분 먹어봐서 영 감흥이 없거든. 이건 스칼렛 오션 네로이드의 아삭아삭 풍미에, 데들리 헤븐 매시를 곁들인 거지. 레벨이 낮은 이가 먹으면 위험하지만, 뒷맛이 참 깔끔……."

귀족들이 다양한 요리를 우리에게 권하는 사이, 떨어진 곳에 있는 다크니스가 크리스와 함께 아연실색했다.

"……저기, 다크니스. 이런 파티에 참가하면 남자들이 몰려들어서 곤란하다며?"

"그, 그게, 다른 파티에서는 그런 느낌이었다만……."

남자들이 다가오지 못하도록 일부러 크리스를 데려온 다크니스는 아무도 자기에게 관심을 보이지 않자 약간 삐친 것 같았다.

그런 다크니스의 시선은, 마치 동물에게 먹이를 주는 주인 같은 표정을 지은 귀족들에게 둘러싸인 메구밍을 향하고 있었다.

"메구밍이라고 했지? 자, 먹으렴. 더 많이 먹어. 사양할 필요는 없단다!"

"이렇게 조그마한 몸의 어디에 이 많은 음식이 들어가는 걸까. 그렇게 배가 고팠던 거야? 요리라면 얼마든지 있으니 마음껏 먹어도 돼."

"이렇게 맛있게 먹어주니, 요리를 준비한 우리도 기분이 좋군. 역시 다크니스 가문의 영애야. 멋진 게스트를 초대하셨어."

"예. 더스티네스 님은 이런 파티에 흥미가 없으신 줄 알았는데, 오해였군요. 미식을 이런 식으로 즐길 수 있다는 걸 깨달았어요."

메구밍은 귀족들이 권한 모든 요리를 엄청난 기세로 먹어치웠다.

감상을 입에 담을 시간마저 아까운 듯이 열심히 음식을 먹던 메구밍은 어떤 요리를 입에 넣은 순간, 움직임을 멈췄다.

그때까지 따뜻한 눈길로 지켜보던 귀족 영애 중 한 명이 허둥지둥 입을 열었다.

"왜, 왜 그러죠? 그건 제가 준비한 요리인데, 혹시 입에 맞지 않았나요?"

영애가 머뭇거리며 그렇게 묻자 입안의 요리를 먹어 치운 메구밍이 품속에서 뭔가를 꺼내—.

"아뇨. 이 요리가 너무 맛있어서, 가져가서 부모님과 동생에게 맛보여주고 싶…… 아앗, 다크니스! 이게 무슨 짓이에요?!"

"실례지만, 이 자들은 모험가라 예의를 모른다! 메구밍, 부탁이니까 그냥 이 자리에서 먹는 것으로 참아다오!"

밀폐용 식기 같은 것에 요리를 담으려 하는 메구밍을 얼굴이 새빨개진 다크니스가 말리는 가운데, 그 요리를 준비한 영애는 기쁜 표정을 지었다.

"아뇨. 그렇게 마음에 들었다니 저도 정말 기쁘군요. 하지만 금방 상하는 음식이라서, 싸가는 건 좋지 않을 거예요……."

"저의 라이벌을 자칭하는 애한테 이 요리를 얻려달라고 할 테니 괜찮아요. 그것보다 다크니스는 저를 신경 쓸 때가 아닐 텐데요? 맛있는 요리가 다 바닥나버릴지도 모르잖아요?"

메구밍이 지적을 하자 다크니스는 그제야 원래 목적이 생각난 건지 화들짝 놀랐다.

나는 진짜로 요리에 푹 빠져 있지만, 메구밍이 사람들 앞에서 요리를 사양하지 않고 먹어대거나 요리를 싸가려고 해서 주목을 모은 것은 다크니스가 움직이기 쉽게 해주기 위한 작전 같았다.

"그, 그래! 그럼 나도 요리를 맛보도록 할까! 파트너인 크리스를 내버려 둘 수도 없으니 말이다!"

다크니스가 그렇게 말하고 크리스를 돌아보았다.

"그래요. 크리스 님은 도적을 생업으로 삼고 계시군요. 볼의 상처가 와일드하면서 참 멋져요! 자, 이 요리도 드셔보세요!"

"어머나, 더스티네스 님의 약혼자인 건 아니시군요? 아, 저는 준남작 가문 사람이니, 신분 차이 같은 건 신경 쓰지 말고 편하게 대해주셔도 된답니다!"

"저는 남작 가문 사람이지만, 삼녀죠! 가문은 오라버니가 이을 테니, 저는 굳이 귀족에게 시집을 가지 않아도 된다고 아버님께서……."

"크리스 님은 빈틈이 많다는 말씀을 듣지 않으시나요? 저 같은 연상의 누나에게 고백을 받으신 적은 없으신가요?"

크리스가 여자들에게 둘러싸여 있었다.

남장을 한 크리스는 미소년 같아 보이기는 하지만 그래도 이건 좀 아니다.

크리스는 난처한 표정을 짓고 눈빛으로 도움을 청했으나 지금이 이 파티를 조사할 기회였다.

"맛있는 요리와 맛있는 술이 있는 파티라면, 당연히 여흥도 있어야 하지 않겠어? 내가 비장의 개인기를 선보일게! 자, 내가 꺼내든 이 손수건 한 장이……."

마침 적당히 취한 아쿠아가 타이밍 좋게 개인기를 선보이기 시작했다.

귀족이라 웬만한 여흥은 다 즐겨봤던 건지 다들 손수건을 꺼내든 아쿠아를 향해 쓴웃음을 보내고 있었다.

아쿠아가 주의를 끄는 사이, 나는 다크니스에게 다가가서—.

"어이, 어때?"

"카즈마구나……. 방치 플레이를 싫어하지는 않지만, 이렇게 무시를 당할 줄은……."

그렇게 말하면서 볼을 희미하게 붉힌 다크니스가 부러운 표정으로 현재 주목을 모으고 있는 아쿠아를 쳐다봤지만,

나는 네 지금 심정을 물어본 게 아니라고.

"네가 주의를 끌라고 우리에게 부탁했잖아! 그사이에 금지된 식재료를 발견했는지 묻는 거라고!"

"그, 그랬지! 이런 취급을 받은 건 신선해서, 정신이 팔린 것 같다……! 금지된 식재료는 발견하지 못했지만, 형태를 알아볼 수 없게 만들어서 요리에 썼을 수도 있지. 주방을 조사해보면 확실할 것 같다만……."

그렇다면 이야기는 간단하다.

"좋아. 저 녀석들이 주의를 끌어주는 사이에, 우리 둘만 몰래 주방에 가자."

다른 녀석들이 주의를 끌어주고 있어도 거물급 귀족인 다크니스가 모습을 감춘다면 의아하게 여기는 사람이 있으리라.

나에게 손을 잡힌 다크니스가 의아한 표정을 짓는 가운데, 나는 주최자로 보이는 영애에게 말을 걸었다.

"저기, 죄송한데요. 우리 아가씨께서 볼일이 급하신 것 같은데, 화장실이 어디 있나요?"

"이, 이 자식, 두고 보자……!"

파티장을 빠져나갈 구실을 만들어줬을 뿐인데 왜 저러는 걸까.

—다크니스와 손을 맞잡고 잠복 스킬을 사용한 나는 주방으로 보이는 장소로 향했다.

거기서는 요리사들이 바쁘게 일을 하고 있었고 현재는 디저트 제작에 집중하고 있었다.

(……어이, 다크니스. 여기가 주방 맞지? 이 사람들은 대체 뭘 하는 거야?)

요리사들의 행동을 본 나는 무심코 작은 목소리로 물었다.

(저건 머나먼 나라의 특이한 과자를 재현하고 있는 것이다. 귀족 중에서도 극히 일부만 아는, 매우 특이한 과자라고 하더구나.)

다크니스가 작은 목소리로 그렇게 답했지만 별사탕 같은 것에 여러 요리사가 수상한 약품을 끼얹으며 마법을 거는 모습은 과자 제작이라기보다 마법 실험 같아 보였다.

(아니, 대체 무슨 과자를 만드는 건데? 그러고 보니 과자에 뿌리는 저 약은 위즈의 가게에서 본 적 있어. 저건 충격을 가하면 터지는 포션이잖아!)

(그래. 믿기지 않겠지만, 저 과자는 입 안에 넣으면 폭발하지. 나도 한번 먹어본 적이 있는데, 꽤 자극적인 맛이었다…….)

역시 이 세상의 주민과 음식은 이상하기 짝이 없다.

……아니, 잠깐만 있어 봐.

(어이, 저 과자를 전파한 사람은 나처럼 검은 머리에 괴상한 이름을 가진 녀석 아니었어?)

친척 삼촌한테서 옛날에는 입에 넣으면 톡톡 튀는 캔디가 유행했다는 이야기를 들은 적이 있다.

(뭐냐. 카즈마도 아는 것이냐? 맞다. 방어력이 낮은 자가 먹으면 대참사가 벌어지지만, 고레벨인 귀족이 때때로 즐기지.)

역시 내가 아는 과자와 다른 것 같다.

입안에서 튀는 과자를 먹는다고 목숨이 위험해지지는 않으니까.

……주방 안을 둘러보던 나는 조그마한 새장 안에 들어 있는 것을 발견했다.

식재료가 들어 있나 싶어 유심히 살펴보니…….

4

"그래서, 요리사들이 다른 데 정신을 팔린 틈에 이 애를 빼돌린 거야?"

다음 날, 우리 저택의 거실에서 새장 안에 든 것을 본 크리스가 그렇게 말했다.

주방에서 새장을 발견한 우리는 파티 도중에 그것을 가지고 빠져나왔는데…….

아쿠아와 함께 눈을 반짝이며 새장 안을 보던 메구밍이—.

"이것이 페어리라는 거군요. 저도 처음 봤어요."

새장 안에 있는 요정에게 말을 걸듯, 작은 목소리로 그렇게 말했다.

—그렇다. 주방에 잡혀 있던 것은 바로 요정이었다.

금지된 식재료라고 해서 중독성이 있는 식품이나 희소 생물일 줄 알았는데, 아무리 그래도 이건 좀 아니다.

굳은 표정으로 팔짱을 낀 채, 구출한 요정을 어떻게 할지 고민하는 다크니스에게…….

"으음, 저기 말이야. 페어리는 잡아먹지 못하게 되어 있는 거야?"

나는 어디까지나 확인 삼아 물었지만 이 자리에 있는 이들 전원이 질린 표정을 지었다.

"이 백수는 인간이기를 포기한 걸까. 이렇게 귀여운 애를 잡아먹겠다는 생각을 대체 어떻게 하는 건지 모르겠네."

"아, 아냐……! 이 애가 그 자리에 있다는 건, 결국 그런 의미인 거잖아?! 금지되어 있다면, 당당히 고발해도 되지 않을까 싶어서 물어보는 거라고!"

내가 변명을 하자 다크니스는 금방이라도 울 듯한 표정을 지었다.

"그, 금지된 건 아니다……. 애초에 페어리를 잡아먹으려고 한 자가 없었으니, 아직 그걸 금지하는 법이 제정되지 않은 거지……. 어, 어쩐다. 무심코 가져오기는 했는데, 일이 매우 커지고 말았어……."

뭐, 과거에 전례가 없었다면 법률도 만들어지지 않았을 것이다.

그렇다면, 이 아가씨는 도둑질을 한 게 되는데…….

"다크니스는 아무 잘못 없어."

크리스는 담담한 표정으로 그렇게 딱 잘라 말했다.

친구가 감싸주자 다크니스는 약간 멋쩍어하며 말했다.

"하, 하지만, 내가 한 것은 페어리의 납치다. ……음. 이 애를 훔친 것을, 파티 주최자에게 밝혀야겠구나. 그리고 이 애를 나에게 팔아달라고 교섭해야겠다."

다크니스가 그렇게 말하고 자리에서 일어섰는데 크리스가 화난 표정으로 그녀를 막아섰다.

"이건 나쁜 짓이 아니니까, 그러지 않아도 돼! 다크니스의 집은 대귀족이긴 해도, 부자는 아니잖아! 바가지를 씌우면 어쩌려고 그래!"

"우, 우리 가문은 그렇게 가난하지 않다! 게다가, 신을 모시는 크루세이더가 도둑질을 하는 건 매우 큰 잘못이다. 죄에 대한 대가를 치른 후, 에리스 님에게 용서를 구해야……."

다크니스가 미간을 찌푸리고 그렇게 중얼거리자 크리스가 그녀의 가슴을 주먹으로 두드리며 호소했다.

"용서해주실 거야! 에리스 님이라면 이미 용서해주셨을 게 틀림없거든?! 다크니스는 진짜 꽉 막혔다니깐!"

"에리스 님은 엄격한 분이라는 전승이 있다. 그러니 도둑질을 한 나를 용서해주실 리가 없어!"

두 사람의 말다툼을 보다 못한 건지—.

"그럼 신인 내가 에리스를 대신해, 다크니스의 죄를 사해 줄게."

미소를 머금은 아쿠아가 그 두 사람을 향해 상냥한 어조로 그렇게 말했다.

"아쿠아, 너는 또 신을 자칭하는 것이냐! 그런 소리를 하다간 천벌을 받을 거다!"

"내가 왜~?!"

크리스만이 아니라 아쿠아도 다크니스의 가슴을 두드리는 가운데…….

"어쩔 수 없군요. 다크니스가 사과하러 갈 거라면, 저도 동행하겠어요. 저는 다크니스의 뒤편에서 마법을 영창하고 있을 테니, 개의치 말고 교섭을 하세요."

"그건 교섭이 아니라 협박이라고 하는 것이다! 메구밍은 집이나 지키고 있어라!"

네 사람이 시끌벅적하게 떠드는 사이, 나는 새장 앞에서 몸을 웅크렸다.

새장 안의 요정은 갇혀 있는데도 두려워하는 기색이 전혀 없었고 오히려 흥미롭다는 듯이 우리를 올려다보고 있었다.

우리에 갇혀 있으니 괴로우리라 생각한 내가 새장을 열어주려고 하자—.

"윽?!?! ××××!"

요정은 알아듣지 못할 만큼 작은 목소리로 뭐라고 외치면서 고개를 저었다.

내가 말을 알아듣지 못한다는 것을 눈치챈 건지 요정은 제스처로 뭔가를 전하려 했다.

자신의 몸을 지키려는 것처럼 꼭 감싸안은 채 어떤 장소를 몇 번이나 가리켰고…….

요정이 가리키는 방향을 쳐다보니 소파 뒤편에서 요정을 노리고 있는 촘스케가 있었다.

……아하. 요정에게 바깥세상은 위험 천지다. 새장 안이 안전한 건가.

내가 야성을 되찾은 촘스케가 요정을 해치지 못하도록 꽉 끌어안고 있을 때였다.

"실례합니다. 더스티네스 님 계십니까?"

아까부터 누군가가 문에 계속 노크를 하고 있었나 보다.

문 앞에서는 어제 파티의 주최자가 송구스러운 표정으로 여전히 시끌벅적한 실내를 들여다보고 있었다.

"페어리를 잡아먹어요?! 아무리 저희라도 그런 짓은 안 해요! 이 애는 저희 가문의 요리사 중 한 명이에요!"

요정이 들어있는 새장을 들킨 다크니스가 자초지종을 설명했고 상대방은 발끈했다.

융단 위에 무릎을 꿇은 다크니스의 고개를 조아리게 하면서, 나와 크리스는 이렇게 말했다.

"이 녀석도 나쁜 뜻이 있었던 건 아니에요. 세상 물정 모르는 아가씨라 주방에 있는 페어리를 보고 그런 당치도 않은 상상을 한 거예요. 이 철도 영애는 제가 따끔하게 꾸짖어둘 테니, 제발 법적 조치는……."

"다, 다크니스는, 페어리가 잡혀 있는 줄 알고 구하려고 한 것뿐이에요! 언뜻 보면 고지식하고 꽉 막힌 애 같지만, 실은 상냥하고 이름도 귀여운 여자애거든요!"

나와 크리스의 옹호 발언을 듣고 울상을 지은 다크니스에게—.

"……그래요. 요리는 이미 완성됐으니, 큰 피해는 없었죠. 후, 후훗, 그리고 다스티네스 님에게 이렇게 귀여운 일면이 있었다니, 후후훗……!"

뭐가 그렇게 웃긴 건지, 귀족 영애는 다크니스를 내려다보고 웃음을 터뜨렸다.

그러자 다크니스는 주먹을 말아쥔 채, 어깨를 부들부들 떨면서—.

"약점을 잡힌 건가. 나는 다음 파티에서 대체 어떤 꼴을 당하게 될지……."

굴욕 때문에 떠는가 싶었는데, 촉촉하게 젖은 눈으로 하악하악 거리는 이 녀석은 정말 틀린 걸지도 모른다.

그 영애는 내가 촘스케를 안아 들고 있는 것을 확인한 후 새장의 문을 열었다.

풀려난 요정은 아직 무릎을 꿇고 있는 다크니스의 어깨에 앉더니 귓가에서 뭐라고 속삭였다.

"아……."

무슨 말을 들은 건지는 모르겠지만 다크니스가 기뻐하는 것을 보면 고맙다는 말을 들은 것이리라.

요정이 이어서 크리스의 어깨에 서서 귓속말을 하자—.

"뭐?! 아니, 으음, 괘, 괜찮아. 그건 비밀이야!"

어찌 된 건지 크리스는 당황하고 말았다.

"크리스가 갑자기 왜 저러는 거지? 요정에게 무슨 말을 들은 것이냐."

"생물의 마음에 민감한 페어리는 인간의 본질을 꿰뚫어 본다잖아요. 크리스가 허튼 생각을 한 게 아닐까요?"

"아냐! 이런 데서 노닥거려도 괜찮은 거냐며, 이 애가 나를 걱정해줬을 뿐이거든?!"

다크니스는 당황한 크리스를 올려다보고 미간을 살짝 찌푸렸다.

"저기, 크리스. 평소에 이곳저곳 기웃거리는 것 같던데, 페어리가 걱정할 정도로 놀러 다니는 건 문제 아닐까? 좀 안정된 생활을…… 아앗, 뭐 하는 것이냐!"

"놀러 다니는 것 같지만, 이래 봬도 열심히 일하고 있거든? 이 세상과 인간을 위해, 모두가 잠든 시간에 말이야!"

크리스가 무릎을 꿇은 다크니스의 무릎 위에 올라탔다.

새장을 안은 채 그런 두 사람을 따뜻한 눈길로 바라보던 영애가—.

"……자, 저희 요리사도 이렇게 무사히 발견했으니 이만 돌아가 보겠어요. 더스티네스 님에게 빚을 지운 것만으로도 저는 충분히 만족하니까요."

그렇게 말하고 페어리를 향해 손짓하더니 그대로 돌아가려 했다.

—그런 귀족 영애에게, 아쿠아가 말했다.

"저기, 이렇게 조그마한 애가 어떻게 요리를 하는지 궁금해."

아쿠아는 다시 다크니스의 어깨로 이동한 요정을 바라보고 고개를 갸웃거렸다.

"……그건 기업 비밀이랍니다. 그, 그럼 더스티네스 님. 저희는 이만……."

"그러고 보니 이 애는 요리사라고 했죠? 프라이팬 같은 건 들지도 못할 것 같은데, 혹시 마법으로 요리를 하나요?"

영애가 다급히 돌아가려고 하는데 메구밍이 의문을 표시했다.

그 의문에 답하듯, 요정이 다크니스의 귓가에서 소곤소곤…….

"요, 욕조?! 이렇게 가련한 페어리를 욕조에 집어넣은 후,

그 목욕물을……?!"

"말이 너무 심하시군요! 그 말만 들으면, 저희가 엄청난 변태 같잖아요! 페어리 육수라고 표현해 주세요! 페어리의 날개에 묻은 인분(鱗粉)은 최고의 조미료로서 비싼 가격에 거래되고 있어요!"

얼굴을 붉힌 두 귀족 영애에게 나는 문뜩 신경 쓰이는 점에 대해 물었다.

"금지된 식재료를 쓴다는 의혹은 풀렸지만 말이야. 이 나라에서는 페어리를 어떻게 여기고 있는 거야? 인권 같은 측면에서 말이야."

그렇다. 요리사로 고용했다는 설명을 들었지만 요정은 겉모습만 보면 실오라기 하나 걸치지 않은 소녀다.

영애는 그 말을 듣더니 표정을 굳히고 그 자리에서 얼어붙었다.

한편, 크리스가 올라탄 바람에 발에 쥐가 난 다크니스가 비틀거리면서 몸을 일으키고 말했다.

"……페어리는 그 외형과 사람을 의심할 줄 모르는 순수한 성격 때문에, 인간 어린아이로 여겨지지. 즉, 이건 고용이라기보다, 철도 들지 않은 소녀를 욕조에 집어넣어서 만든 육수를 판매하는 것이나 다름없……."

"앗, 도망쳤어! 역시 다크니스는 잘못이 없잖아! 저 귀족 아가씨는 절대 용서 못 해! 따끔한 맛을 보여줄 거야!"

"저 영애도 완전 변태 귀족인 거군요!"

크리스와 메구밍이 도망친 영애를 쫓는 가운데—.

"기, 기다려라. 나도 같이……. 아, 다리가……! 으으으……!!"

아직 다리가 저린 듯한 다크니스에게 아쿠아가 힐을 걸어 주며 말했다.

"크리스가 웬일로 저렇게 화내는 거지? 그건 그렇고, 크리스와 다크니스는 성격이 정반대인데도 참 사이가 좋네."

"그러고 보니, 고지식한 다크니스와 한량 같은 크리스가 어떻게 알고 지내게 된 건지 궁금해. 귀족 아가씨와 도적은 전혀 접점이 없을 것 같거든."

우리가 그런 의문을 입에 담자 추적을 포기한 다크니스가 융단에 털썩 앉은 후 입을 열었다.

"—우리의 접점, 인가……. 그러고 보니 크리스와는 꽤 오랫동안 알고 지냈지만, 지금 생각해보면 우리의 첫 만남은 마치 짜기라도 한 것 같았지……."

다크니스는 그렇게 말하고 웃음을 흘리며 말을 이었다.

"내가 갓 모험가가 되었을 즈음의 일이다. 파티 멤버를 모집하려 했지만, 공격이 잘 맞지 않는 탓에 동료를 구하지 못했지. 곤란해진 나는 에리스 교회에 가서 동료를 생기게 해 달라고 매일 같이 기도를 했는데……."

"사실을 각색하지 마. 잘 맞지 않는 정도가 아니라, 아예 맞지 않는 거라고 고쳐."

다크니스는 내 말을 깔끔하게 무시하고 배시시 웃더니—.

"그건 추운 어느 날의 저녁에 있었던 일이다. 교회에서 집으로 돌아가는 길에, 나는 느닷없이 스틸을 당해 지갑을 강탈당했지. 그리고, 나에게 스틸을 날린 이가 바로 크리스였다."

그렇게 말한 후 그때를 그리워하는 눈길을…….

"크리스는 참 나쁜 애네. ……아하. 돈이 궁한 크리스를, 다크니스가 귀족 아가씨 파워로 꼬드긴 거구나."

"아냐. 지갑을 빼앗은 건, 나한테 스킬을 가르쳐줬을 때처럼 승부를 하려고 그런 게 틀림없어."

아쿠아와 내가 그런 감상을 입에 담았고—.

"크리스는 내 지갑을 빼앗은 후, 즐거운 듯이 웃으며 이렇게 말했다. 「경건한 에리스 교도 아가씨. 이제부터 나와 승부 안 할래? 너는 이 지갑을 걸어. 그러면 나는……」 나는 말을 끝까지 듣지도 않고, 주위 사람들에게 도움을 청해서 크리스를 포박했지."

"어이."

내가 무심코 태클을 날리자 다크니스는 쓴웃음을 머금었다.

"느닷없이 내 지갑을 훔쳤으니, 그러는 게 당연하지 않겠느냐? 크리스는 「저, 저기, 이건 파티 가입 이벤트 같은 건데……!」 같은 영문 모를 소리를 늘어놓으며 연행됐고, 그 후에 몇 번이나 나한테 스틸을 날렸다가 잡혀가는 일이……."

혹시 크리스는 나름대로 다크니스와 친해지고 싶어서 그

런 게 아닐까…….

"그렇게 계속 잡혀가는 크리스에게, 나는 어느 날 이렇게 말했다. 「정의를 사랑하는 여신 에리스의 신도로서, 너를 갱생시키겠다. 한동안 나와 파티를 짜다오」라고 말이다. 크리스는 「내가 생각한 이벤트는 이게 아닌데……」 같은 이상한 소리를 늘어놨지."

"아하. 다크니스의 진실한 마음이 전해진 덕분에, 지금처럼 착한 아이가 된 거구나."

"크리스가 옛날부터 고생했다는 건 잘 알았어."

다크니스는 크리스의 보호자가 될 생각으로 그녀와 파티를 짠 거겠지만, 그 후로 크리스가 훨씬 고생했을 것이다.

하지만 딱 하나 신경 쓰이는 점이 있다.

"……왜 크리스는 그렇게까지 하면서, 다크니스의 동료가 되고 싶어 한 걸까?"

내가 중얼거린 말은 문이 격렬하게 열리는 소리에 묻히고 말았다.

"다크니스~! 그 귀족 아가씨가 자기 저택으로 도망쳤으니까, 도와줘! 쫓아 들어가려고 했더니, 문지기가 「평민이 귀족의 저택에 함부로 들어갈 수 있을 것 같아?」 하면서 비웃었어!"

"이렇게 되면 이쪽도 귀족 아가씨의 권력으로 대항하죠! 집안 하나는 끝내주는 다크니스가 나설 차례예요!"

"집안만 끝내준다는 건 너무 심한 말 아니냐?! ……하아, 어쩔 수 없지……."

다크니스는 갑자기 뛰어 들어온 두 사람을 향해 그렇게 말하고 몸을 일으키더니—.

"우선 내가 정면에서 쳐들어가마. 그리고 크리스는 평소처럼……."

"바인드로 묶어버리면 되는 거지?! 단둘이서 모험하던 시절이 생각나네……. 예전 같으면 몬스터가 바인드에서 풀려나기 전에 필사적으로 두들겨 팼겠지만……."

다크니스는 그 말을 듣고 옅은 미소를 머금었다.

"오늘은 다른 동료들이 있으니 어떻게든 될 거다. 자, 빨리 해결하도록 할까! 페어리 육수 착취는 행위 자체도 완전 아웃인 범죄다! 그럼 범죄 영애를 체포하러—!"

"—출발!"

크리스가 즐겁게 웃으며 힘차게 주먹을 치켜 들었다.

외톨이를 프로듀스!

1

아직 해가 하늘 높이 떠 있고 저녁 식사를 하기에도 이른 시간대.

길드에서 친한 모험가들과 술을 마시고 있을 때 융융이 심각한 표정으로 나타났다.

"어, 륭륭이자나! 륭륭! 륭륭!"

"푸하하하하하! 카즈마, 혀가 꼬였잖아! 와하하하하하!"

"이 사람, 엄청나게 취했어! 나보다 술이 약하면서 죽어라 퍼마셨잖아! 륭륭이 대체 누구인데?! 누구냔 말이야! 아하하하!"

별것 아닌 일로 웃는 주정뱅이들이 깔깔 웃어대며 오늘 들어 몇 번째인지 모를 건배를 했다.

기분이 하늘을 날아갈 듯한 나를 향해 륭륭은 주먹을 말아쥐고 외쳤다.

"저……! 저……!! 카즈마 씨의 커뮤니케이션 능력을 가지고 싶어요!"

전에도 들었던 적이 있는 그 말에, 길드 안에는 정적이 흘렀다.

이으고…….

"조아, 믕믕! 꺼뮤니께이숀 능려기든, 아이든, 전부 나한떼 마껴!"

"푸하하하! 이 녀석이 무슨 소리를 하는 거야?! 푸하하하!"

"바보~! 바보! 아하하하하!"

그렇게 말하며 떠드는 우리를, 어찌 된 건지 믕믕은 존경심이 어린 눈길로 쳐다봤다.

—이 일의 발단은 메구밍이었다.

"되게 우물쭈물 귀찮게 구네요! 당신은 때때로 그렇게 과격하게 굴면서, 왜 저렇게 약해 빠진 언니 상대로 겁을 먹는 거죠?!"

"그그, 그게, 상대가 어떤 사람인지 모르잖아! 그리고 강한지 약한지로 사람을 평가하면 안 된다고 생각해, 메구밍!"

마을 안을 어슬렁거리던 나는 말다툼 중인 두 사람을 발견했다.

자칭 라이벌 관계인 그 두 사람은 제삼자가 보기에 사이가 참 좋았다.

"됐으니까 빨리 다녀와요! 제 몫은 3단짜리예요! 바닐라, 바나나, 네로이드라고요!"

시끄럽게 떠드는 두 사람의 시선은 아이스크림 노점을 향하고 있었다.

아무래도 메구밍이 융융에게 아이스크림 심부름을 시킨 것 같았다.

"아, 알았어. 사올게! ……으음. 노점에서 아이스크림을 사 본 적이 없어서 묻는 건데, 혹시 지켜야 예절이나 주문 방식 같은 건……."

"가게 앞에서 돈을 꺼낸 후 「언니, 3단 아이스크림 주세요. 맛은 바닐라와 바나나와 네로이드예요」 하고 말하면 돼요! 그리고 자기가 먹을 것도 고르면 된다고요!"

메구밍에게 등을 떠밀린 융융이 지갑을 꺼내고 숨을 삼켰다.

"잠깐만, 메구밍! 아이를 데리고 온 가족이 근처에 있어! 내가 아이스크림을 사는 걸 보고, 저 애가 먹고 싶어 할지도 몰라! 곧 저녁 먹을 시간이니, 저 애 어머니가 난처해질지도……."

"당신은 사소한 걸 너무 신경 써요!"

길 한복판에서 떠들고 있는 저 두 사람을 수상쩍게 여긴 건지, 그 가족은 서둘러 이 자리를 벗어났다.

그 모습을 본 융융이 안도하며 노점으로 다가가더니—.

"저, 저, 저, 저, 저, 저기……."

"저가, 너무 많잖아요! 대체 얼마나 긴장했으면 그러는 건데요?! 저기요. 바닐라와 바나나와 네로이드 3단 아이스크림 주세요!"

"예~ 잠시만 기다려주세요~! 다른 분은 뭐로 하시겠어요?"

노점의 누나가 그렇게 묻자 융융은 허둥지둥 메뉴를 살피며 말했다.

“죄죄죄, 죄송한데요. 뭘 주문할지 못 골랐어요! 여기서 고민하면 폐가 될 테니, 한 며칠 고민한 후에 다시 주문하러…….”

“뭘 그렇게 고민하는 건데요?! 이 언니의 추천 메뉴로 하면 되잖아요!”

메구밍이 돌아가려 하는 융융을 잡았다.

노점 누나는 우스운지 웃음을 흘리고—.

“내 추천 메뉴는 판타스틱 네로이드의 미세 진동 버전이야! 그거에 핑크 네로이드를 살짝 뿌려주면 움직임이 더 커져!

“그, 그럼 그걸로 부탁해요…….”

“괜찮겠어요?! 저도 들어본 적이 없는 아이스크림인데, 정말 그걸로 괜찮겠어요?!”

곧 정체불명의 아이스크림을 건네받은 융융이 어찌할 바를 모르겠다는 표정을 지었다.

옆에서 3단 아이스크림을 건네받은 메구밍이 눈을 반짝이며 말했다.

“그럼 계산 부탁해요.”

“으, 응. 알았어……. 으음, 이거면 될까요?”

융융이 그렇게 말하면서 돈을 내밀었을 때, 메구밍은 3단 아이스크림을 한입 베어 물려고—.

“스티이이이이이이이일!”

“아아아아아아아아아앗!”

잠복 스킬로 슬그머니 다가간 나는 메구밍의 아이스크림을 물리적으로 빼앗아서 먹었다.

"이 남자가 정말! 느닷없이 나타나서 이게 무슨 짓이에요?!"

나는 3단 아이스크림의 가장 윗부분을 씹어먹으면서 메구밍을 손가락으로 척 가리켰다.

"그러는 너야말로 융융을 뜯어먹는 거냐?! 친구가 없는 융융을 「융융의 돈으로 아이스크림 먹으러 안 갈래요? 같이 아이스크림을 먹으면 남들 눈에는 친구 같아 보일걸요?」 같은 달콤한 말로 꼬드긴 거지?!"

"진 사람이 아이스크림을 사준다는 조건으로 승부를 해서, 제가 이겼을 뿐이에요! 그리고 아무리 융융이라도 그런 말에 속지는 않는다고요!"

"뭐?! ……으, 으음, 같이 먹어준다면, 아이스크림 정도는 얼마든지……."

메구밍은 머뭇거리면서 그렇게 말하는 융융의 어깨를 잡더니 흔들어대며 언성을 높였다.

"얘가 이런 소리를 하니까, 후니후라와 도돈코한테 이용당하기만 한 거예요! 당신을 이용하는 건, 당신한테 얻어먹는 건, 라이벌인 저만의 특권이에요! 아무한테나 함부로 먹을 걸 사주면 안 된다고요!"

"아, 알았거든?! 이러다 모처럼 산 아이스크림이 녹아버릴 거야!"

융융이 손에 쥔 정체불명이 아이스크림이 미세 진동을 하는 가운데, 메구밍이 나에게 빼앗긴 아이스크림을 되찾아갔다.

"하아, 정말. 가즈마는 저를 머로 보고……."

"……우, 우와……. 한집에서 살다 보면, 간접 키스 같은 건 개의치 않는구나……."

되찾은 아이스크림을 한입 크게 베어 문 메구밍은 융융이 방금 한 말을 듣고 그대로 굳어버렸다.

융융이 존경심이 어린 눈길로 쳐다보자 메구밍은 이제야 그 점을 눈치챈 것인지 볼을 살짝 붉혔다.

"……뭐, 뭐어, 한 지붕 아래에서 같이 살다 보면 같이 목욕하기도 하고, 서로의 잠든 모습을 볼 일도 있으니까요. 그뿐만 아니라 카즈마의 중요 부위를 본 적도……."

"어이, 그런 소리를 더 늘어놓으면 나도 생각이 있어. 구체적으로는 방금 네가 한 말을 매일 실행할 거야."

얼굴이 벌게진 상태에서 융융보다 우위에 서려고 무리를 하던 메구밍은 아이스크림을 먹으며 뒷걸음질치더니—.

"커뮤니케이션 능력이 뛰어나고 친구도 많은 카즈마 씨……. 카즈마 씨라면……!"

아직도 진동 중인 아이스크림을 움켜쥔 융융은 우리를 쳐다보며 묘한 소리를 중얼거렸다.

2

술기운에 융융에게 커뮤니케이션 능력을 전수해주겠다는 약속을 덜컥해버린, 다음 날.

"……으음, 좋은 아침?"

"조조, 좋은 아침이에요!"

어제저녁까지 술을 퍼마신 나는 집에 돌아오자마자 바로 잠들어버렸고, 그 바람에 이른 아침에 일어나고 말았다.

"혹시 어제부터 쭉 여기서 기다린 건 아니지?"

현관 앞의 신문을 가지러 가는 김에 아침 공기를 마시려고 밖에 나가보니, 융융이 잔디 위에 앉아서 나를 기다리고 있었다.

"아무리 저라도 그런 짓은 안 해요! 하지만 몇 시에 커뮤니케이션 능력을 단련시켜줄지 정하지 않았잖아요? 그러니 매일 아침부터 이렇게 기다리다 보면, 카즈마 씨가 한가할 때 단련시켜줄 거라고……."

"부담! 부담 그 자체야! 그게 바로 너한테 친구가 한 명도 안 생기는 이유라고!"

내가 살짝 질린 반응을 보이자 융융은 허둥지둥 자리에서 일어났다.

"저, 저도 친구가 있거든요? 한 명도 안 생겼단 말은 취소해주세요!"

"……그럼 그 친구의 이름을 말해볼래?"

나는 태클을 날렸고 융융은 고개를 숙이며 손가락을 접기 시작했다.

"메구밍……은, 라이벌이니까…… 앗, 마을 사람들은 친구겠지? 아루에는 때때로 이상한 소설을 보내서 감상을 물어보고, 후니후라와 도돈코도, 메구밍에게 남친이 생겼냐고 편지로 계속 물어보니까……. ……어라? 잘 생각해보니 나한테 관심이 있는 사람은 한 명도 없네……."

"좋아. 더는 아무 말 하지 마. 내가 괜한 걸 물어봤어."

융융의 자학을 말린 나는 신문을 한 손에 쥐고 다른 손으로 나 자신을 가리켰다.

"보다시피 이제 막 일어나서 잠옷 차림이거든. 시간을 좀 줄래? 게다가 아직 이른 아침이라 아무도 안 일어났으니까, 이 시간대에는 아무것도 못 한다고."

"괘, 괜찮아요. 저는 기다리는 게 특기거든요. 여기서 개미 땅굴이나 관찰하고 있을게요."

"집안에서 기다려!"

—옷을 갈아입고 거실에 가보니 메구밍이 융융한테 시비를 걸고 있었다.

"눈을 떠보니 라이벌이 저의 집에 침입해 있어서 참 놀랐어요! 저한테는 영원히 이길 수 없다는 것을 깨닫고 드디어

암습을 하려고 한 건가요?! 정말 실망이에요, 융융!"

"기다려! 나는 그럴 생각이 아닌데……! 게다가, 나는 너한테 지기만 한 건 아니거든? 메구밍은 절대 나한테 이길 수 없는, 발육 승부 같은 게 있단 말이야!"

나는 이를 닦으면서 다투고 있는 두 사람을 쳐다보았다.

"당신은 불리해진다 싶으면 발육 승부를 언급하는군요! 그런 도발은 이제 저에게 먹히지 않지만, 이쯤에서 진심으로 결판을 내도록 할까요. 자, 홍마족의 긍지를 걸고, 이제부터 목숨을 건 결투를……!"

"먹히지 않기는 무슨! 결투 같은 건 안 해! 그리고 오늘은 메구밍한테 볼일이 없단 말이야!"

그 말에 메구밍이 얼어붙은 가운데, 나를 발견한 융융이 고개를 꾸벅 숙였다.

"그럼 카즈마 씨. 오늘 잘 부탁드려요!"

내가 이를 닦으면서 한 손을 들어 보이자 그런 우리의 모습을 본 메구밍이 아연실색한 표정으로 그 자리에 멍하니 서 있었다.

"커뮤니케이션 능력을 원한다고 했는데, 일단 이 말부터 해두겠어. 나는 커뮤니케이션 능력이 풍부한 진정한 리얼충과는 거리가 멀어."

"……그, 그런가요?"

마을로 나선 나는 옆에서 걷고 있는 융융의 오해를 풀어 주기로 했다.

그렇다. 지금은 길드에서 다른 모험가들과 술을 마시거나, 모르는 가게에도 아무렇지 않게 들어가지만, 나는 원래 은둔형 외톨이였다.

사람이 무서워서 방에 틀어박힌 타입의 은둔형 외톨이는 아니지만, 그래도 모르는 이들과 아무렇지 않게 이야기를 나누는 타입은 아니다.

"나는 꽤 친한 이들이 아니면 단둘이서 이야기를 나누는 걸 힘들어하고, 이야기를 잘 이어가지도 못해. 그래서 친구와 놀 때는 그런 경우를 피하기 위해서 여러 사람을 불러."

"저도 단둘일 때는 말이 엄청나게 하고 싶더라도 일방적으로 말을 늘어놓는 건 폐가 될 것 같아서, 남의 말을 끊지 않으려고 항상 상대방의 입가를 주목해요!"

아하. 그래서 융융은 아까부터 내 입가를 뚫어지게 쳐다보는 거구나.

좀 문제가 있지만 그냥 넘어가자.

"그리고, 초면인 사람 상대로는 무심결에 존댓말을 쓰게 되고, 파티를 짜거나 해서 친해진 상대가 아니면 반말을 쓰지도 못해."

융융은 내 말을 듣더니 그대로 걸음을 멈췄다.

……어?

"저, 저기, 카즈마 씨는 초면이나 다름없던 시절부터 저한테 반말을 썼잖아요. 그건, 제가 친해지기 쉬운 타입이라는 건가요……?"

융융이 기대감에 찬 눈길로 쳐다보자, 나는 그녀가 착각하지 않도록 이렇게 말했다.

"홍마족의 이름은 하나같이 별명 같잖아? 그래서 자연스럽게 반말을 쓴 거야."

"그런 이유일 줄 알았어요! 그래도, 조금은 기대했단 말이에요!"

……바로 그때였다.

목덜미 뒤편에 따끔거리는 감각이 느껴졌다.

"저기, 융융. 혹시 원한을 산 적 없어? 적 탐지 스킬이 반응을 보이고 있거든."

"원한이라고요? 지금까지 살아오며 이야기를 나눠봤던 사람은 전부 기억하고 있는데, 원한을 산 기억은 없어요. 원한을 사도 좋으니 누가 저한테 관심을 주면 좋겠다고 생각한 적은 있지만요……."

이 애는 지금 갱생시켜두지 않았다간, 나중에 남들의 주목을 모으기 위해 사고를 칠지도 모른다.

"그럼 나한테 원한이 있는 녀석일까? 하지만 남한테 폐를 끼친 적은 딱히 없는데……. 굳이 따지자면, 나에 대해 알지 못하는 모험가한테 내기를 하자고 해서 술을 얻어먹은 일

정도라고."

"카즈마 씨를 향한 게 틀림없을 것 같은데요……."

융융이 미심쩍은 눈길로 나를 쳐다봤지만 이 평화로운 마을에 적 탐지 스킬이 반응을 보일 만큼 위험한 녀석이 있는 건가……?

"저기 모퉁이를 돌면 잠복 스킬로 숨자. 융융은 적당한 마법을 영창해놔. 우리를 놓쳐서 당황한 상대를 기습 공격으로 해치우자고. 잘 부탁해."

"마을 안에서 공격 마법을 쓰는 건 위법인데요……. 하지만, 그런 부탁을 받으니까 남이 저한테 의지하는 느낌이 엄청나게 드네요. 위법이라는 걸 알면서도 마법을 쓰는 걸 주저하지 않게 돼요."

역시 이 애는 서둘러 갱생시켜야 할 것 같다.

안 그랬다간, 나중에 나쁜 녀석들에게 이용당할 게 틀림없다.

모퉁이를 돈 우리는 잠복 스킬로 몸을 숨겼다.

그것도 모르고 우리를 쫓아온 상대에게……!

"『라이트닝』!!!!"

"으그극?!"

……융융이 날린 마법이 작렬하자, 붉은 눈동자를 지닌 그 상대는 지면을 구르며 경련을 일으켰다.

"당신들은 진짜 문제군요! 마법을 맞은 사람이 대마도사인 저라서 망정이지, 빈약한 일반인이었다면 융융은 지금쯤 범죄자가 됐을 거예요!"

전격 마법에서 비롯된 마비에서 벗어난 메구밍이 우리에게 설교를 하기 시작했다.

"그러는 메구밍은 무슨 목적으로 우리를 쫓아온 거야. 아, 혹시 메구밍이 모아둔 경품추첨권을 써버린 것 때문에 화난 거야? 변명을 하자면 그건 아쿠아가 몰래 빼낸 것을 내가 모르고 써버린 거라고. 따질 거면 아쿠아한테 따져."

"그게 아니에요! 그런 하찮은 이유가……. 잠깐만요. 그건 처음 듣는 이야기거든요? 탐나는 경품이 나왔을 때를 대비해서 모아둔 건데, 멋대로 써버린 거예요?!"

할인권 같은 걸 모아두는 습성이 있는 메구밍이 내 몸을 흔들어대며 그렇게 따지는 가운데—.

"잘못했어. 아쿠아가 왕창 뽑은 수세미를 줄 테니까, 좀 봐줘."

"그런 건 필요 없거든요?! 그리고 카즈마라면, 더 좋은 물건을 뽑았을 게 틀림없어요. 줄 거면 그걸 달라고요! 아, 그것보다……!"

참고로 나는 1등상을 뽑았다.

상품은 내가 단골인 가게의 무료권이었고 아직 어린애인 메구밍이 이용하기에는 이르니까, 내가 쓸 생각이다.

"남한테 잘 속는 제 라이벌이 아침부터 나쁜 남자를 따라가는 광경을 목격해서, 이렇게 따라온 거예요."

"말이 참 심하네. 그럼 내가 얼마나 나쁜 남자인지, 이제부터 너한테 똑똑히 가르쳐주겠어."

나와 메구밍이 대치하자 융융이 허둥지둥 우리를 말렸다.

"멈춰, 메구밍! 이건 내가 부탁한 거야! 나, 이제는 달라져야겠다고 생각했어! 카즈마 씨에게 커뮤니케이션 능력을 단련시켜 달라고 해서, 친구를 만들 거야!"

융융이 필사적으로 호소하자 메구밍은 어이없다는 투로 말했다.

"그런 건 간단히 얻을 수 있는 게 아니에요. 조바심 내지 않고, 한 걸음씩 착실히 앞으로 나아가는 게 중요하죠. 카즈마에게 의지하려 하기 전에, 우선 고블린과 친구가 되어 보는 게 어때요?"

말이 너무 심하네.

"고블린이라면 이미 시험해봤어. 고블린 말을 익혀서 어떻게든 친해지려고 했는데, 「**빨간 눈 무서워. 포악 그 자체**」라고 하면서 도망치지 뭐야……."

이 애도 대체 뭘 하고 다니는 거야.

그것보다 고블린에게도 홍마족의 흉포함이 전해진 건가.

"그럼 코볼트나 인간 말을 알아듣는 오거와 친해지려고 해봐요."

"코볼트도 시험해봤는데, 미끼로 쓴 먹이만 가지고 도망쳤어. 오거한테 말을 걸어보니 다짜고짜 승부를 하자고 하지 뭐야. 그래서 이겼는데, 친구가 아니라 내 수하에 가까운 느낌이었어……."

이 애는 진짜로 뭘 하고 다니는 걸까. 갱생시키기에는 이미 늦은 걸지도 모른다.

……어이없다는 표정을 짓고 있던 메구밍이 한숨을 내쉬며 고개를 저었다.

"하아, 그렇게 노력했는데도 무리였던 건가요……. 어쩔 수 없군요. 그럼 저도 친구 만드는 걸 도와주겠어요."

메구밍도 입으로는 라이벌이니 뭐니 하면서 융융을 내버려둘 수가 없는 건지, 어쩔 수 없다는 태도로 그런 말을 했다.

"뭐?! 괘, 괜찮아! 메구밍도, 나 못지않게 친구가 적으면서……."

말을 끝까지 잇기도 전에 메구밍이 달려든 바람에 울상을 지은 융융에게—.

"뭐, 어렵게 생각할 필요 없어. 내가 도와주면 친구를 백 명 만드는 것도 꿈이 아냐. 잠옷 파티와 생일 파티, 사시사철 각종 이벤트도 오케이지. 나만 믿어."

"저, 오늘부로 카즈마교에 입교할게요."

"이 애가 또 바보 같은 소리를 늘어놓네요! 카즈마도 우쭐대지 말라고요!"

3

사람들이 많이 오가는 광장에 도착한 후 나는 다시 융융을 쳐다보았다.

미인이 많은 홍마족답게 이 애도 외모는 상당했다.

"……저기, 왜 제 얼굴을 빤히 쳐다보는 거에요?"

원래라면 그냥 내버려 둬도 말을 거는 사람이 있겠지만…….

"아, 융융은 예전에 헌팅을 당해본 적 있나 싶어서 말이야."

그렇다. 친구를 만드는 게 무리더라도, 애인이라면 바로 만들 수 있을 것 같았다.

"허, 헌팅?! 아, 그런 걸 당한 적은 없는데요……."

융융이 갑자기 당황하자 메구밍이 내 소매를 잡아당겼다.

"카즈마, 카즈마. 이 애는 남이 말을 걸어오기만 하면, 다른 사람과 말을 붙일 수 있을 줄 알고 눈이 새빨갛게 빛나거든요. 웬만큼 간덩이가 큰 양아치가 아니면 무리예요."

융융의 성격은 쉬운 여자애의 대표주자 격이지만 홍마족의 체질이 방해를 하는 건가.

고블린에게도 경계 당한다는 것을 보면, 이 애가 외톨이인 것은 홍마족 탓이 아닐까……?

뭐, 아무튼…….

"원래 친구라는 건 일부러 만드는 게 아니라 자연스럽게 그런 관계가 되는 거야. 그러니 우선 만남 그 자체를 늘려보는 게 좋을 것 같아."

"친구란 일부러 만드는 게 아니라 자연스럽게 그런 관계가 되는 것……. 방금 그 말은 제 인생에 있어 소중한 말로 가슴에 새겨둘게요."

이 애, 정말 괜찮을까…….

그런 우리 앞을 모험가 길드에서 때때로 보는 여전사가 가로질렀다.

"『스틸』."

나는 주저없이 스틸을 써서 그 여전사의 브래지어를 빼앗았다.

"?!?!?!?!?! 어째서?! 나, 왜 카즈마 씨한테 속옷을 도둑맞는 건데?! 카즈마 씨를 화나게 할 짓이라도 한 거야?!"

"아, 아냐……! 잠깐만 있어 봐, 이럴 만한 이유가 있어! 진짜로 이럴 생각은 아니었다고! 나는 손수건 같은 걸 훔칠 생각으로……!"

내가 따지고 드는 여전사에게 속옷을 돌려주며 진심으로 사과하자 그 모습을 본 메구밍이 감탄한 것처럼 고개를 끄덕였다.

"아하. 방식 자체는 쓰레기 같지만, 확실히 만남의 계기가 되기는 하겠네요."

"설마 나한테도 저런 짓을 하라고 시키는 건 아니겠지?"

필사적인 사과 끝에 겨우 용서를 받은 나는 여전사를 배웅하며 두 홍마족에게 자초지종을 설명했다.

"방금 그건 실패한 예니까 개의치 마. 내가 하고 싶었던 건, 스틸로 물건을 훔친 후에 「이거, 떨어뜨렸어요」라고 말을 붙이는 작전이었어."

"솔직히 말해 그것도 좀 문제가 있다고 생각해요. 아무튼, 카즈마에게 맡겨두면 안 된다는 건 확실해졌네요. 이렇게 됐으니 지능이 뛰어난 홍마족인 제가 지혜를 빌려주겠어요."

"나도 일단은 홍마족인데……."

주위를 두리번거리며 지나가는 이들을 관찰하던 메구밍이 갑자기 후다닥 뛰어가더니 한눈을 팔던 소녀와 부딪쳤다.

"죄, 죄송해요! 제, 제가 앞을 안 살피는 바람에……."

앞을 보지 않은 소녀가 비틀거리면서 고개를 숙였다.

"하아, 대체 어디를 보며 걷는 거예요! 제가 고 레벨 모험가라서 망정이지, 빈약한 일반인이었다면 그대로 갈기갈기 찢겨나갔을지도 모른다고요!"

"예엣?! 그, 그냥 살짝 부딪쳤을 뿐인데……!"

메구밍은 그렇게 말한 뒤 머뭇거리는 소녀에게 다가가서―.

"잘못했다는 생각이 조금이라도 있다면, 저기 있는 카페에서 저와 차 한잔해요! 사라고는 안 할 테니, 추천 요리를 가르쳐주세요!"

"으, 으음……. 그런 걸로 괜찮다면, 저도 기쁜 마음으로…….”

“잠깐만, 왜 그렇게 잘 풀리는 거야?! 완전 약았잖아!”

“왜 그렇게 익숙한 건데?! 너, 툭하면 이런 짓을 하는 거지?! 혹시 친구가 엄청 많다거나…….”

간단히 차 한잔하자는 약속을 얻어낸 메구밍에게 나와 융융이 무심코 태클을 날렸다.

맙소사 이 녀석이 이렇게 사교적이라니…….

“저기, 저 가게는 우리 집에서 운영하거든요. 우리 가게를 이용해주신다면 참 기쁠…….”

“방금 내가 한 감탄을 돌려달라고, 인마!”

의기양양한 표정을 지은 메구밍이 카페 주인의 딸과 다음에 같이 놀기로 약속을 했다.

“뭐, 이 승부는 제가 이겼다고 봐도 되죠?”

“왜 헌팅 승부를 벌이게 된 건지는 모르겠지만, 그런 거라면 나도 안 져. 모르는 애와 그렇고 그런 관계가 되는 건 무리지만, 술친구가 되는 건 특기거든. 내 진짜 실력을 보여주겠어!”

“……저기, 승부 같은 건 됐으니까 저한테 커뮤니케이션 능력을…….”

—솔직히 말해, 겉모습은 미소녀인 융융이 말을 걸면 웬만한 남자는 그대로 넘어올 것이다.

하지만 상대를 잘 고르지 않았다간, 친구라는 말을 구실로 융융이 이용당하기만 하는 대참사가 미래에 벌어질 게 뻔하다.

융융이 간단히 구슬릴 수 있고, 또한 무해해 보이는 이를 찾기를 30분…….

나는 그제야 그 조건에 딱 들어맞는 녀석들을 찾아냈다.

"두 사람 다 저쪽을 봐. 저 녀석들은 어때?"

"경찰 아저씨에게 신고해야 마땅하다고 생각하는데요."

우리의 시선이 향하는 곳에 있는 3인조 남성을 본 메구밍이 딱 잘라 그렇게 대답했다.

"으, 으음, 어린애를 좋아하는 오빠들, 같은……데요……."

"융융. 배려심이 깊다는 건 당신의 장점이지만, 이럴 때는 본심을 털어놔도 돼요! 저건 범죄자 예비군이라고 불러야 마땅한 녀석들이에요!"

우리가 주시 중인 남자들은 공원에서 놀고 있는 아이들을 따뜻한 눈길로 지켜보고 있었다.

"진정하라고, 메구밍. 저기 있는 건 그냥 마음 착한 남자들이야. 그리고 애들을 좋아하는 사람 중에 나쁜 사람은 없어."

"딱 봐도 나쁜 어른 같아 보이는데요. ……그러고 보니 카즈마도 로리콤 의심을 받고 있죠."

이 녀석이 대체 무슨 소리를 하는 거야.

"잘 들어, 메구밍. 자아아알~ 들으라고. 솔직히 말해 융융은 부담스러운 애야. 친구로 사귀기에는 부담스럽지만, 겉모습은 미소녀라고. 그리고 저런 타입의 녀석들은 상대가 미소녀라면, 성가시고 부담스러운 애라도 잘 챙겨줄 게 분명해."

"제가 지금 칭찬을 듣고 있는 건지 욕을 듣고 있는 건지 감이 잘 안 오는데요……."

메구밍이 당혹스러워하는 가운데, 옆에 있는 융융은 약간 풀이 죽은 반응을 보였다.

나는 저런 녀석들을 잘 안다.

커다란 친구와 유아 애호가는 원래 다른 생물이다.

일본에서 오타쿠로 분류되는 녀석들은 알고 보면 착한 녀석들이 많다.

동급생 여자애에게 경멸의 눈길을 받아서 순진무구한 어린애에게 끌리는 것이다.

그리고 융융 또한 동족인 홍마족에게 무시당하며 살아온 탓에 자신감을 잃었고, 결과적으로 내성적인 성격이 되고 말았다.

즉, 저 녀석들과 융융은 따지고 보면 동족이라 할 수 있다. 상처의 아픔을 아는 이들인 만큼, 분명 가까워질 수 있을 것이다……!

"융융, 나를 믿어. 저 녀석들이라면 분명 공략할 수 있어. 여자에게 면역이 없어 보이니까, 네가 세게 나가면 바로 무너질 거야. 게다가 저런 타입은 상대가 자기 이야기에 관심을 보여주면 알아서 잘 나불거리니까, 대화를 이어가기도 나름 편하다고."

"아하, 왠지 예전의 카즈마와 똑같네요. 듣고 보니 처음 만났을 적의 카즈마는 다크니스와 눈도 마주치려 하지 않고 수상한 거동을 보였죠. 비슷한 상대라 마음을 잘 이해할 수 있는 거군요. 끼리끼리 모인다는 건가요."

이 녀석, 진짜로 무슨 소리를 늘어놓는 거야.

"나는 은둔형 외톨이는 졸업해서, 리얼충 카즈마 씨로 잡체인지를 했어. 하지만 저 녀석들의 마음은 이해가 돼. 현실 여자에게 관심이 없는 척하지만, 미소녀가 말을 걸어주면 분명 기쁠 거야. 잘 들어, 융융. 쉽게 상처받는 상냥한 어린애라고 생각하며 대하는 거야. 그러니 너도 상냥한 미소를 계속 머금으라고. ……좋아, 가봐!"

"아, 예! 유심히 보니 다들 깨끗한 눈빛을 지녔네요. 진짜로 상냥한 사람들일지도 몰라요……."

내 재촉을 들은 융융이 마음을 단단히 먹고 남자들에게 다가갔다.

공원 수풀에 숨어 있는 남자들의 뒤편에 선 융융이 머뭇거리며 말을 건네자—.

"저, 저기요……."

"으으으윽?! 무무무, 무슨 일이지?! 우리는 그저 새를 관찰하고 있을 뿐이거든?!"

"나는 이 근처에 동전이 떨어져 있지는 않은지 살피고 있을 뿐이거든?!"

"어린애를 쳐다본 게 아니거든?! 우리가 로리콤이라는 증거라도 있어?!"

말을 걸었을 뿐인데 남자들이 패닉에 빠져서 융융은 허둥지둥 손을 내저었다.

"아아, 아니에요! 여러분에게 주의를 주러 온 게 아니라고요!"

남자들은 그 말을 듣더니 서로를 쳐다본 뒤 입을 꾹 다물었다.

융융은 얼굴을 붉혔지만 내가 한 말을 떠올린 건지 미소를 머금으며—.

"저, 저기……. 여러분. 한가해 보이시는데, 혹시 괜찮다면……."

"한가?! 아이들이 놀다가 다치지 않도록 지켜보고 있는 우리가 한가해 보여?!"

남자들이 융융의 한 마디에 발끈하자 나는 생각이 짧았다는 것을 통감했다.

"아, 아뇨……! 저, 저는, 여러분과 친구가 되고 싶어서 말을 건 거예요……."

"친구?! 아하~. 우리가 이성한테 인기 없어 보여서 말을 건 거구나? 이 녀석들이라면 내가 말만 걸어도 바로 넘어올 줄 알았지?! 여자한테 면역이 없어 보이니, 식은 죽 먹기라고 여긴 거잖아!"

그렇게 생각했어요. 죄송합니다.

"아니에요! 으음, 저한테 커뮤니케이션에 대해 가르쳐준 사람이, 애들을 좋아하는 사람 중에 나쁜 사람은 없다고 했거든요. 그러니 여러분이라면 제 이야기 상대가 되어줄 것 같아서……."

"……꽃뱀 같아 보이지는 않지만, 혹시나 말해두는 건데 우리는 돈이 없어. 아이들이 다치지 않도록 공원 놀이기구를 보수하는데 전부 다 써버리거든."

융융은 그 말을 듣고 얼이 나간 표정을 지은 뒤 곧 작게 미소 지었다.

"역시 상냥한 분들이군요. 저기, 아이들이 다치지 않도록 지켜보는 일을 저도 도우면 안 될까요?"

"싫어. 너는 애가 아닌걸. 키도 크고 특정 부위가 꽤 크잖아. 그리고 이 수풀에는 네 명이나 숨을 수 없어. 게다가 열다섯 살이 넘은 여자애한테는 순수함이 없으니까, 가까워지고 싶지 않거든?"

이건 명백한 내 실수다. 저 녀석들은 진짜 로리콤이다.

저런 범죄자 예비군에게 흥분한 탓에 눈이 빨개진 융융이 필사적인 어조로 호소했다.

"저는 아직 열네 살이에요!"

"거짓말~! 이렇게 커다란 열네 살이 어디 있어!"

"금방 들통날 거짓말을 하기는, 이래서 다 큰 여자는 문제야! 그 커다란 걸 떼고 와서 그런 소리 해!"

"설령 진짜로 열네 살이더라도, 나는 나이가 두 자릿수 이상인 애는 무리거든?!"

나는 메구밍과 마주 보고 고개를 끄덕인 후 큰 목소리로 외쳤다.

""경찰 아저씨~!""

4

내 작전이 실패로 돌아가자 메구밍이 자신만만한 목소리로 이렇게 말했다.

"카즈마는 일을 너무 어렵게 생각한다니까요. 이런 일에는 머리를 쓰면 안 된다고요."

"그건 머리가 좋은 홍마족이 할 말이 아니지 않아?"

메구밍은 우리를 데리고 액셀 마을의 입구로 향했다.

"저희는 모험가예요. 그러니 모험가를 친구로 사귀는 편이 좋지 않겠어요? 동업자이니 함께 파티를 짜고 퀘스트를 맡을 수도 있을 테고요."

메구밍은 그렇게 말했고 융융은 눈을 반짝이며 고개를 끄덕였지만—.

“아하, 네 아이디어가 뭔지 예상이 돼. 개구리와 싸우는 모험가를 멀찍이서 마법으로 저격한 후, 개구리에게 잡아먹히려는 순간에 구조해줘서 빚을 지우자는 거구나.”

“그렇게 사악한 짓을 시킬 생각은 없거든요?! 위기에 처한 모험가를 구해주면, 자연스럽게 가까워질 거예요! 개구리한테도 지는 풋내기 모험가라면 이 마을에 온 지 얼마 안 됐을 테니, 아는 사람이나 친구도 적을 테고요. 의지할 상대가 없는 타이밍을 노리자는 거예요.”

우리 특기인 자작극을 꾸미려는 건가 했는데, 의외로 제대로 된 작전이었다.

“그러고 보니 융융은 위기에 처한 모험가들을 도와주고 다닌다 들었는데, 지금 상황을 보면 그것도 그다지 효과가 없는 거 아냐?”

이 잘난 쪽 홍마족은 몬스터에게 당할 것 같은 모험가를 도와주며 돌아다니고 있다는 이야기를 들었는데…….

“이 애는 모험가를 도와준 후, 인사도 받지 않고 그대로 돌아가 버리거든요. 그럴 때는 생색을 내면서 답례라도 받아내야 하는데 말이죠.”

“그, 그치만 내가 도와주지 않았더라도 자기들끼리 해결할 수 있었으면 어떡해. 그래서 괜한 짓을 한 걸지도 모른다는 생각이 들어서…….”

그렇다. 이 애한테 친구가 생기지 않는 가장 큰 이유는 바로 이것이다.

이 애는 지나칠 정도로 배려하거나 사양하는 것이다.

그런 의미에서 본다면, 배려나 사양이란 말을 까맣게 잊은 메구밍과 손발이 잘 맞을지도 모르지만…….

"잘 들어, 융융. 자신감을 가져! 상식적인 모험가는 위기 상황이 아니라도 미소녀 마법사에게 도움을 받으면 당연히 기쁠 거야!"

"이번에는 도와준 후에 도망치면 안 돼요! 꼭 감사 인사를 받으란 말이에요!"

나와 메구밍에게 압도당한 융융이 고개를 끄덕인 순간—.

"살려줘어어어어엇!"

융융의 평소 행실 덕분인지, 타이밍 좋게 그런 비명이 들려왔다.

"괘, 괜찮으세요? 으음, 다친 곳은 없나요?"

우수한 홍마족답게, 간단히 개구리를 해치운 융융이 모험가에게 말을 건넸다.

개구리에게 쫓긴 건 2인조 남자 파티였다.

처음 보는 모험가들이었다. 이 마을에 온 지 얼마 안 되는 풋내기들일까.

"으, 응. 괜찮아. 실은 그렇게 위험하지는 않았거든? 이 마을에 온 지 얼마 안 됐는데, 개구리가 예상보다 너무 커서 말이야……."

"헤헷, 너, 강하네! 우리는 원래 살던 마을에서 가장 강했다고. 그래서 모험가가 되어 떼돈을 벌자고 생각했어. 아까는 개구리를 보고 깜짝 놀랐지만, 실력 발휘를 했다면 여유롭게 이길 수 있었을 거야!"

여자 앞이라고 허세를 부리는 건지, 두 사람은 개구리를 곁눈질하면서 여유를 부렸다.

"살려달라고 울며불며 외쳐놓고 그런 소리를 해봤자, 설득력이 없어요. 그것보다, 답례를 하세요. 개구리도 융융이 해치웠으니까, 토벌 보수도 내놔요."

그런 두 사람의 태도를 본 메구밍이 손을 쑥 내밀었다.

아무래도 메구밍은 순순히 답례를 하지 않는 이 두 사람은 융융의 친구가 될 자격이 없다고 판단한 것 같았다.

"뭐, 뭐어? 무슨 소리를 하는 거야. 딱히 위험하지 않았다고 말했지? 이 개구리도 우리끼리 해치울 수 있었다고."

"오히려, 우리가 약하게 만들어둔 개구리를 네가 해치운 거야. 경험치를 채간 거나 다름없으니, 우리가 돈을 받고 싶은 심정이라고!"

……뭐, 이런 녀석들도 있으니까. 융융이 도와준 후에 그냥 사라진 것도 어찌 보면 옳은 행동이었을지도 모른다.

그것보다 이제부터 어떤 상황이 벌어질지 예상이 됐다.

성질 급한 메구밍이라면 이 풋내기 두 명한테 그대로 달려들어서……!

"그런가요. 그럼 됐어요. 괜한 짓을 했나 보군요."

""""어?""""

메구밍의 말이 뜻밖이었는지, 풋내기 두 사람뿐만 아니라 융융도 놀랐다.

"그, 그래? 그럼 이 개구리는 우리가 차지하겠어."

"개구리 고기만이 아니라, 토벌 보수도 우리가 가질 거야. 그 대신, 경험치를 채간 걸 보상할 필요는 없어!"

"예, 그렇게 해요. ……그럼 이만 가죠, 융융."

"으, 응……. 메구밍이 얌전히 물러나다니, 별일이 다 있네. 앗……?!"

뭔가를 눈치챈 융융이 낮은 비명을 질렀다.

내가 의아한 표정을 짓자 융융은 작은 목소리로 속삭였다.

(혹시 메구밍은 이 상황에서 자기가 날뛰었다간 제가 친구를 사귀는 데 방해가 되니까, 참는 것 아닐까요……?)

(융융은 이 녀석과 오래 알고 지냈지만, 아직도 본질을 이해 못 한 것 같네.)

남이 걸어온 싸움을 받아주는 게 바로 홍마족이다.

게다가 액셀에서도 손꼽힐 정도로 혈기 왕성한 이 녀석이, 방금 같은 말을 듣고 순순히 물러날 리가 없다.

메구밍은 2인조 모험가를 내버려두고 걸음을 옮겼고 융융은 기대에 찬 눈길로 말했다.

"저기, 메구밍……. 저 두 사람과 안 싸운 건, 혹시……."

메구밍은 그 말에 답하지 않고 마법을 영창하기 시작했다.

마법 영창을 시작한 메구밍의 시선은, 개구리 앞에서 들뜬 목소리로 떠들고 있는 2인조 모험가를 향하고 있는데…….

어이, 설마!

"『익스플로전』—!!!!!"

폭렬마법이 작렬하자 개구리 앞에서 들떠 있던 2인조는 마법의 충격파에 휩쓸려 그대로 지면을 데굴데굴 굴렀다.

무슨 일이 일어난 건지 이해 못한 그 2인조에게, 융융이 다급하게 뛰어갔다.

"괘, 괜찮으세요?! 제 일행이 실례했어요! 저 애, 실은 정상이 아니거든요!"

2인조는 융융에게 부축을 받고 몸을 일으켰다.

"두, 두고 보자! 이 일은 모험가 길드에 보고할 테니까……."

"너, 길드 직원에게 혼쭐이 날 줄 알아! 까딱 잘못했으면……."

거기까지 말한 2인조는 폭렬마법에 의해 생긴 거대한 구덩이를 보고 경악했다.

—그리고, 바로 그때였다.

폭렬마법의 굉음과 충격 탓에 지면 아래에서 잠들어 있던 개구리가 깨어났다.

사방에서 개구리가 튀어나오는 가운데, 마력이 바닥나서 쓰러진 메구밍이 엎드린 채 고개만 들어서 그 2인조에게 말했다.

"자기 힘을 과신한 왜소한 자여! 이제부터, 나의 절대적인 마력에 이끌린 악마의 종들이 모습을 드러낼 것이니라! 융융의 도움이 필요 없었다는 게 사실이라면, 그 힘을 증명해 보이거라!"

"너란 애는 왜 항상 이러는 거야! 다 같이 죽자는 식으로 일을 만들지 말라고!"

"아아아아아아아! 메구밍은 바보야아아아아아아아!"

무수히 기어나오는 개구리 무리에게, 메구밍을 제외한 이 주변 모험가들이 힘을 합쳐 맞섰다!

모험가 길드에서 따끔하게 혼이 난 후 겨우 집으로 돌아온 우리는―.

"다녀왔습니다~."

"어서 와~!"

개구리 점액으로 범벅이 된 메구밍과 함께 돌아온 나는, 아쿠아에게 마중을 받고 한숨을 내쉬었다.

"코가 삐뚤어지겠네! 메구밍과 융융은 점액으로 범벅이 됐잖아! 욕실이 비었으니까 빨리 씻어! 옷은 바구니에 넣어 둬. 개구리가 분비하는 점액은 여신 파워로도 좀처럼 씻어 낼 수가 없어. 물에 좀 담가둔 후에 빨게."

아쿠아는 융단 위에 신문지를 깔면서 그렇게 말했고 메구밍을 업은 융융이 지친 표정으로 고개를 숙였다.

"죄송해요……. 저기, 무슨 일이 있었는지는 안 물어보는 거예요?"

융융이 의아하다는 듯이 그렇게 묻자 저녁 준비를 하던 다크니스가―.

"메구밍이 또 사고를 쳐서, 개구리 무리에게 습격을 당한 거지? 다른 이유로 너희가 이런 꼴이 된 거라면, 카즈마가 집에 돌아오자마자 이야기해줬을 거다."

"흐음, 다크니스는 그렇게 점액 범벅이 되고 싶은 건가요? 오늘 식사 당번인 걸 다행인 줄 알아요. 저녁 식사가 늦어지는 것만 아니면, 지금쯤 당신도 점액 범벅이 됐을걸요?"

다크니스가 기대에 찬 눈길로 메구밍을 경계하는 가운데, 융융이 또 고개를 숙였다.

"죄, 죄송해요……. 실은 이번 일은 메구밍만의 잘못이 아니라……. 저기, 저는 목욕 안 해도 돼요. 아직 대중목욕탕이 영업하는 시간이니까……."

융융이 기특한 태도를 보여서 아쿠아는 느긋한 어조로 이렇게 말했다.

"융융한테 1할 정도 책임이 있고, 남은 9할은 전부 메구밍 잘못이지? 메구밍이 끼친 폐의 답례니까, 사양하지 말고 씻어. 이래 봬도 나는 메구밍과 오래 알고 지냈거든? 뭐가 어떻게 된 건지 충분히 짐작이 돼."

"흐음, 아쿠아는 식사 당번이 아니었죠! 점액 범벅으로 만드는 걸 주저할 이유가 없네요!"

융융의 등에서 뛰어내린 메구밍에 의해 점액 범벅이 된 아쿠아가 엉엉 우는 가운데, 다크니스는 미소를 머금었다.

"융융도 목욕을 한 후에 저녁을 먹고 가라. 아니면 오늘은 이 집에서 자고 가지 않겠느냐? 그래. 다 같이 잠옷 파티를 하는 것도 좋겠구나. 실은 나도 전부터 그걸 해보고 싶었다!"

융융은 그 말을 듣고 새빨개진 눈을 동그랗게 뜬 후—.

미니 스토리집
메마른 땅에 비를! 더블 위저드 우애 깊은―

『메마른 땅에 비를!』

“……지명 의뢰?”

그날.

모험가 길드에 온 우리는 접수처 직원 누님의 말을 듣고 당황했다.

“예. 사토 씨의 파티, 아니, 아쿠아 씨에게 의뢰를 부탁하고 싶어요.”

기본적으로 모험가는 게시판에 붙은 퀘스트를 멋대로 맡아서 처리한다.

하지만 실력이 뛰어난 모험가는 의뢰인으로부터 지명을 받기도 한다.

그런 지명 의뢰는 보수가 많은 데다 인기 파티의 기준이 되어서, 모험가라면 누구나 한번은 받고 싶어 하지만…….

“아쿠아를 지명하다니, 뭐가 어떻게 된 거지? 의뢰인이 나쁜 짓을 꾸미고 있는 게 분명하구나.”

“아뇨, 어쩌면 이 마을에 이사 온지 얼마 안 된 분일지도 몰라요. 저래 봬도 아쿠아는 아크 프리스트잖아요. 그것만 듣고, 엄청난 실력을 지닌 성직자로 착각하더라도 이상할 게 없어요.”

“두 사람, 그런 소리를 더 하면 욕실에서 카즈마와 마주치게 되는 천벌을 내릴 거야.”

다크니스와 메구밍의 말을 들은 아쿠아가 발끈했지만, 두 사람이 방금 한 말도 이해는 된다.

그 천벌에 대해 나중에 자세하게 이야기를 들어보기로 하고, 나는 일단 지명 의뢰에 관심을 가졌다.

직원 누님도 그런 의문을 품는 게 당연하다는 듯이 고개를 끄덕이며 입을 열었다.

"예, 저희도 그 점에 관해 몇 번이나 확인했어요. 지명 상대를 헷갈린 게 아닌지, 정말 괜찮은 건지, 의뢰에 실패해도 배상을 요구하지 않을 건지, 등등……. 하지만 전부 이해하면서도 아쿠아 씨를 지명한다고 하네요……."

"직원 언니가 그런 소리를 계속하면, 나한테도 생각이 있어. 머리를 감으면서 샴푸 거품을 씻어내려고 할 때만 뜨거운 물이 안 나오는 천벌을 내릴 거야."

아쿠아의 정체를 알 리 없는 저 누님은 약간 질린 표정으로 뒷걸음질을 치더니, 허둥지둥 두 손을 내저었다.

"하지만 의뢰인의 이야기를 듣고 납득했어요. 지명 의뢰의 내용은—."

—다음 날.

"공물은 거기 둬. 술은 비싼 순서대로 놓으면 돼."

마을 옆에 펼쳐져 있는 곡창지대에서, 수많은 모험가가 아쿠아의 지시에 따라 기우제를 준비했다.

지명 의뢰의 내용은 물 관련으로 정평이 나 있는 아쿠아에게 비를 내리게 해달라는 것이었다.

"……어이, 진짜로 이러면 비가 내리는 거야? 그냥 아쿠아가 세이크리드 크리에이트 워터를 쓰면 되지 않아?"

최근 들어 화창한 날씨가 이어지면서 곡창지대는 심각한 물 부족 상황에 직면한 것 같았다.

하지만 이 세상에는 마법이 있다.

마법으로 물을 만들어내면 간단히 해결될 것 같은데…….

"카즈마는 바보라니깐. 마법으로 만들어내는 물은 무에서 창조되는 게 아니거든? 주위의 수분을 마력을 이용해 모으는 거야. 크리에이트 워터로 물을 만들면 그만큼 대기가 건조해지니까, 긴 안목으로 보면 문제해결에 도움이 안 돼."

……그래. 무한정으로 물을 만들어낼 수 있어서 다들 크리에이트 워터로 물을 팍팍 늘리다 보면, 어느새 이 별 전체가 물에 잠기고 말 거야.

신이 관리하는 세계인 만큼, 그런 이유로 세계가 멸망하지 않도록 마법에도 그런 제약이 걸려있는 것이다.

"아하. ……앗, 그럼 크리에이트 어스는 어때? 설마 우리 밭치의 흙이 조금씩 줄어들고 있는 거야?"

"흙은 잘 몰라. 불가사의한 공간에서 보내주는 거 아닐까?"

불가사의한 공간이 뭐야. 내가 방금 느꼈던 감탄을 돌려줘.

"아쿠아, 공물은 이대로 두면 되나요? 술이 많아 보이는데, 혹시 아쿠아가 마시고 싶어서 머리를 쓴 건 아니죠? 의식을 핑계 삼아 빼돌릴 생각인 거 아니에요?"

"메구밍, 무슨 소리를 하는 거야. 물을 관장하는 존재는 하나같이 술을 좋아하거든? 기우제는 대기에 존재하는 물의 정령을 부르는 신성한 의식이야. 그녀들에게 술을 베풀어서, 그 힘을 아주 약간 빌리려는 거야."

웬일로 아쿠아가 진지한 표정을 짓고 물의 정령에 관해 설명하는 사이, 다크니스가 비싸 보이는 병을 안아 든 채 고개를 갸웃거렸다.

"그럼 이 술은 주위에 뿌리는 것이냐? 공물로 술이 필요하다고 해서, 아버님이 모아둔 술 중에 가장 비싼 것을 가지고 왔다만……."

"다크니스, 무슨 소리를 하는 거야. 그걸 땅에 뿌리다니, 당치도 않아. 그렇게 비싼 술은 저쪽에 둬. 이것도 중요한 의식의 일환이야."

이 녀석, 비싼 술은 빼돌릴 생각인 게 틀림없다.

한편, 기우제 준비를 마친 모험가들이 아쿠아에게 말을 걸었다.

"아쿠아 씨~. 공물을 다 깔아놨어~!"

"우리는 이제 뭘 하면 돼~?"

주위에는 술병이 깔끔하게 놓여 있었고 기우제라는 신기한 의식을 보러온 구경꾼들이 기대에 찬 표정을 짓고 있었다.

"흐음, 이건 꽤 장관이네. 좋아. 그럼 이제부터 기우제를 지내겠어! 때로는 여신의 진정한 힘을 보여줄게!"

놓여 있는 술병 앞에 선 아쿠아는 의기양양한 표정으로 하늘을 올려다보더니—.

"이 세상에 존재하는 나의 권속이여……. 물의 여신, 아쿠아가 명하노라……!"

과거 마왕군 간부 베르디아와 싸울 때처럼, 장엄한 기운을 주위로 뿜어졌다.

"……앗? 저, 저기, 기다려. 아직 명령을 안 내렸으니까, 멋대로 모이면 안 돼!"

뭔가 예상치 못한 상황이 벌어진 건지 아쿠아가 갑자기 당황했다.

그리고 어느새 주위의 공기가 눅눅해지기 시작했다.

분명 지금의 저 녀석에게는 우리 눈에 보이지 않는 무언가가 보이고 있을 것이다.

"잘 들어. 내가 여신답게 무게 잡으면서 명령을 내릴게. 하지만 바로 비를 내리게 하면 안 돼. 내가, 아무래도 공물이 필요하겠네…… 하고 엄숙한 목소리로 중얼거리면서 술을 회수할 거야. 그러면 너희는 비를 내려. ……알았지?"

아쿠아가 허공을 향해 큰 목소리로 한 말을 들어보니 공물이 필요 없는 건 틀림없어 보였다.

모험가들이 놓여 있는 술 중 비싼 녀석부터 몰래 회수하는 가운데, 아쿠아는 어험 하고 헛기침을 했다.

"물의 여신, 아쿠아가 명…… 잠깐, 아직 안 된다고 했잖아! ……뭐? 대가가 필요해? 알았어. 나중에 술을 나눠줄 테니까……. 앗, 그건 안 돼! 싼 녀석을 골라!"

아직 기우제가 시작되지 않았는데도 비구름으로 뒤덮이기 시작한 곡창지대에서 사람들이 지켜보고 있는 가운데—.

"왜 물의 정령은 이렇게 내 말을 안 듣는 거야?! 앗! 기다려! 그건 내가 점찍어뒀던 건데!"

물의 정령은 누구누구 씨와 성격이 똑같다는 것을 안 우리는—.

"우에에에에에에엥~! 내 술—!"

이윽고 억수처럼 쏟아지는 비를 피해 도망친 후 드물게 도움이 된 아쿠아를 칭송했다.

훗날.

아쿠아가 심심풀이 삼아 만든 『날씨 화창 아쿠아 인형』을 얻은 의뢰인이 그것을 거꾸로 매달기만 해도 비가 내린다는 사실을 알고 나서, 결국 경건한 아쿠시즈 교도가 되고 말았다고 한다.

『더블 위저드』

“『익스플로전』—!!!!”

액셀 마을 인근의 바위산에 폭렬마법이 작렬했다.

휘몰아치는 폭풍이 잦아들자 그곳에는 거대한 구덩이만이 존재했다.

“크크큭……. 오늘도 불쌍한 제물이 제 힘의 양식이 되고 말았나요. 하지만, 당신이란 존재는 사라진 게 아니에요. 그래요. 대마도사 메구밍의 경험치가 되어, 영원히 제 안에서 함께 살아갈 테니까요……!”

지면에 쓰러진 대마도사가 그렇게 중얼거렸다.

“그래. 네가 해치운 떠돌이 코볼트는 분명 네 마음 속에서 살아갈 거야. 자, 업어줄 테니까 팔을 들어.”

“어이, 몬스터와 벌인 격전의 여운에 젖어있는데, 떠돌이 코볼트 같은 소리를 하지 말아주실까. 스케일이 확 줄어버렸잖아요.”

스케일은 무슨. 무리에서 떨어져나온 떠돌이 코볼트를 발견하고, 멀찍이서 기습 공격을 했으면서…….

“……어라? 어이, 저쪽에 있는 코볼트 보이지? 그것도 두 마리나 되는 것 같은데…….”

폭음을 들은 건지 멀찍이서 이쪽을 살피는 존재가 있었다.

천리안 스킬을 써보니 틀림없는 코볼트였다.

“아까 제가 해치운 제물을 찾으러 온 거겠죠. 카즈마. 저 코볼트 두 마리를 동료의 곁으로 보내주세요. 하다못해, 고통스럽지 않게…….”

“뭐, 모험가로서 코볼트를 보고 놔둘 수는 없지만 말이야……. 하지만 그건 지면에 널브러진 상태에서 할 말이 아니라고 생각해…….”

매고 있던 활을 꺼낸 나는 먼 곳에 있는 코볼트를 조준한 후—.

“미안해. 너희에게 원한은 없지만……. 너희의 목숨을 내 힘의 양식으로 삼겠어. ……저격!”

스킬로 쏜 화살은 코볼트 한 마리의 가슴에 빨려들듯 꽂혔다!

“카즈마, 방금 대사는 정말 좋았어요! 항상 제 폭렬마법에 점수를 매겨줬으니, 답례로 제가 점수를 매겨줄게요. ……으음. 좀 더 뜸을 들였으면 좋겠고, 약간 멋쩍어하는 기색이 느껴졌으니…… 이번에는 72점이에요.”

“어이, 하지 마. 점수를 매기니까 갑자기 부끄러워졌잖아. 젠장, 빨리 다른 한 마리도…… 어, 어라…….”

메구밍에게 정신이 팔린 사이, 어느새 코볼트가 늘어나고 말았다.

코볼트 세 마리가 우리를 가리키며 떠들어대고 있었다.

“어이, 코볼트가 늘어났어. 세 마리면 좀 버거울 것 같은

데…….”

나 혼자라면 잠복 스킬을 쓰면서 저격으로 처리할 수 있겠지만 짐 덩어리를 업고 싸운다면 쉽게 이기지 못할 것이다.

“코볼트 상대로 겁먹다니, 한심하군요! 62점으로 감점이에요! 아까 전의 고평가를 돌려주세요!”

“너를 내버려둬도 된다면 여유롭게 이길 수 있다고! 그 증거를 보여줄까?! ……앗! 어이, 떨어져! 방금 그 말을 농담이야! 두고 가지 않을 테니까 방해하지 마! 이래서는 공격도 못 한다고!”

필사적으로 바지를 잡고 매달리는 메구밍을 떼어내는 사이, 코볼트가 그 틈을 이용해 접근해왔다.

“이 바보야! 진짜로 위험해졌잖아! 접근하기 전에 저격으로 숫자를 줄였다면 조금 더 유리해졌을 거라고! 앗, 더 늘어났네! 다섯 마리가 넘어! 이래서는 못 이겨!”

“카즈마, 지금은 누구 책임인지 따질 때가 아니에요! 이렇게 되면 어쩔 수 없죠! 저에게 마력을 나눠주세요! 움직이지 못하는 저를 업고 도망치는 것보다, 그편이 도망치기 편할 거예요!”

이 녀석 탓에 위기에 처했지만 이 상황에서는 어쩔 수 없다.

내가 드레인 터치로 마력을 나눠주자 메구밍이 벌떡 일어났다.

“저는 액셀 마을에 가서 도와줄 사람을 불러올게요! 카즈마는 여기 남아서 코볼트를 막아주세요!"

"헛소리하지 마! 나도 도망칠 거라고! ……앗! 내가 너를 미끼로 삼지 못하도록, 자력으로 도망칠 수 있게 마력을 나눠달라고 한 거구나! 젠장, 이 녀석들은 나를 눈곱만큼도 믿지 않는 거냐!"

나는 앞장서서 도망치는 메구밍의 뒤를 쫓으면서 그렇게 외쳤고—.

"저를 내버려두고 싸우면 여유롭게 이길 수 있다는 발언만 안 했어도 믿었을 거예요! ……아앗! 카즈마, 앞쪽에도 코볼트가 있어요! 협공을 당하게 생겼다고요! 이대로는 위험해요!"

"빌어먹을, 어떻게 코볼트가 우리보다 머리가 더 좋냐고! 이렇게 되면 저격으로 숫자를 줄인 후, 정면 돌파를 하자! 그리고 어떻게든 거리를 벌린 뒤, 잠복 스킬을 쓰고 숨는 거야!"

메구밍이 접근전을 각오하며 지팡이를 움켜쥔 가운데, 나는 몰려드는 코볼트를 향해 화살을 쐈다.

—액셀 마을에 도착한 우리는 정문에서 차례를 기다리고 있는 모험가들의 뒤편에 섰다.

나와 메구밍은 침묵에 잠겨 있었다.

코볼트와 격전을 치르느라 지칠 대로 지친 것이다…….

"어머? 메, 메구밍! 이런 데서 다 보네! 카즈마 씨와 같이 있는 걸 보면, 일과를 하고 오는 길이지?"

줄을 선 우리의 뒤편에서 메구밍의 자칭 라이벌인 융융이 나타났다.

그 뒤편에는 완전 풋내기 같아 보이는 모험가 파티가 있었다.

"융융 양의 동료 분인가요? 저희는 초보자 킬러에게 쫓기던 와중에, 융융 양에게 도움을 받았어요……!"

"맞아요. 어떻게 답례하면 좋을지……. 융융 양이 없었다면, 저희는 지금쯤 전멸했을 게 분명해요!"

"융융 양은 정말 강하군요! 정말 존경스러워요!"

초보자 킬러는 고블린이나 코볼트처럼 그다지 강하지 않은 데 비해 토벌 보수가 짭짤한 몬스터와 공생하는, 교활하고 흉악한 상대다.

그런 강적에게 당할 뻔했던 모험가들이 입을 모아 칭찬해 주자, 융융은 얼굴을 붉힌 채 굳어 있었다.

"그래요, 초보자 킬러와 싸웠군요. 그 정도는 저희 같은 홍마족에게 있어 경험치에 불과하죠. 저도 젊은 시절에는 초보자 킬러를 쓸어버리며 다녔으니까요."

그 말을 들은 모험가들이 또 한 명의 홍마족을 쳐다보았다.

"……흐음, 메구밍은 초보자 킬러를 그렇게 많이 해치웠구나. 오랫동안 알고 지냈는데, 나는 전혀 몰랐네."

"뭐, 초보자 킬러를 쓰러뜨린 건 자랑거리도 못 되니까요. 융융이 모를 만도 해요. 저희가 그 자리에 있었다면 좋았겠지만,

저쪽 바위산에서 흉악한 몬스터와 격전을 벌이느라……. 뭐, 제가 있었다면 초보자 킬러는 눈 깜짝할 사이에 해치웠겠죠."

흉악한 코볼트한테 전멸을 당할 뻔 했던 메구밍이 그렇게 말하자 융융의 눈이 붉게 빛났다.

"그렇구나. 즉, 초보자 킬러보다 흉악한 몬스터가 있었다는 거지?! 정말 큰일이네, 메구밍! 길드에 빨리 보고해야겠어!"

"아, 그 몬스터는 저희가 해치웠으니 보고할 필요 없어요! 뭐, 뭐 하는 거죠?! 남의 모험가 카드를 함부로 보는 건 사생활 침해라고요!"

모험가 카드의 토벌 기록을 확인하려 드는 융융과 저항하는 메구밍이 몸싸움을 시작했고, 다툼과 싸움을 좋아하는 모험가들이 옆에서 부추기기 시작했다.

한쪽은 초보자 킬러를 격퇴하고 풋내기 모험가들에게 감사 인사를 듣는 엘리트, 그리고 다른 한쪽은 코볼트에게 전멸을 당할 뻔한 얼간이 마도사지만…….

"거짓말이 아니면 카드를 보여달란 말이야아아아아아앗! 너는 항상 얄팍한 허세를 부린다니깐!"

"융융한테는 얄팍한 허세 같은 말을 듣고 싶지 않아요! 마을 사람들에게 액셀 마을에서 친구가 생겼다는 거짓말을 했잖아요! 아, 눈을 보아하니 한판 하자는 거군요. 좋아요, 오늘이야말로 결판을 내주겠어요!"

일단 이 두 사람은, 액셀 마을에서 넘버원 자리를 다투고 있는 아크 위저드라고 한다.

『우애 깊은―』

그날.

내가 눈을 떠보니, 다크니스가 나를 보쌈하려 하고 있었다.

"……나도 일단은 처음이거든? 그러니 이럴 때는 분위기를 소중히 해줬으면 좋겠다고."

"바, 바보, 무슨 소리를 하는 것이냐! 아침부터 오해 살 만한 소리를 하지 마라! 남이 듣고 오해하면 어쩌려는 것이냐!"

지금은 밤이 아니라서 보쌈이라는 말은 적절하지 않을지도 모른다.

다크니스가 필사적으로 고함을 질렀지만 지금 상황은―.

"어, 어버버버버……. 다크니스가, 자다 깬 카즈마 씨를 덮치고 있어……!"

"아쿠아?! 기다려라! 그런 게 아니다! 카즈마에게 볼일이 있어서 깨우려다 발을 헛디뎌서……!"

문틈으로 방 안을 살피던 아쿠아가 그렇게 외쳤고 다크니스는 침대에 누운 나와 몸을 포갠 채 고함을 질렀다.

"즉, 내 몸 위로 쓰러졌다가 깨지 않게 조심히 비키려고 하던 찰나에 내가 깨어났다는 거구나."

"그, 그렇게 된 거다! 내가 생각해도 이렇게 덤벙대는 건 좀 심각한 문제 같구나……!"

자초지종을 들은 내가 이야기를 정리하자 다크니스가 울상을 지으며 호소했다.

"그리고 카즈마 씨가 깨어났으니 그대로 확……! 같은 식으로, 오해를 사실로 만들려고 한 거구나."

"당치도 않은 소리 마라, 아쿠아! 그런 멍청한 짓을 누가 한단 말이냐! 하아, 정말……!"

나와 아쿠아한테 계속 놀림을 듣던 다크니스가 이윽고 고개를 들더니—.

"카즈마, 나 좀 도와다오! 크리스가 좀 이상해진 것 같다!"

심각한 표정을 짓고 그렇게 말했다.

—다크니스는 몸을 숨긴 채 상황을 살피면서 나와 아쿠아에게 낮은 목소리로 말했다.

"……아무래도 크리스가 요즘 들어 좋지 않은 녀석들과 어울리는 것 같다. 본인에게 어떻게 된 건지 물어볼까도 했다만, 그게……."

다크니스가 말끝을 흐리더니 나와 아쿠아를 힐끔 쳐다보았다.

"그게…… 뭐 어쨌다는 거야? 말을 해야 알아먹을 거 아냐."

다크니스에게 재촉을 하자 그녀는 내키지 않는 표정으로 우리를 올려다보며 말했다.

"……저기, 잘 생각해보니 나도 좋지 않은 녀석들과 어울리는 것 같아서…….”

“이야~. 다크니스 씨가 참 재미있는 소리를 늘어놓는걸!”

“카즈마 씨, 팔을 잡아! 이 애의 머리카락을 트윈테일로 묶어버릴래! 그리고, 그 꼴로 모험가 길드까지 끌고 가자!”

다크니스는 좋지 않은 녀석들인 나와 아쿠아에게 괴롭힘을 당해 울상을 지으면서도 제발 조용히 해달라는 듯이 입술에 손가락을 댔다.

“하아, 그래서 나를 데려온 거냐……. 크리스는 적 탐지 스킬을 지녔으니까, 그냥 미행을 하면 들킬 테니 말이야.”

“그렇게 된 거다. 너라면 잠복 스킬로 그걸 상쇄시킬 수 있지. 평소에는 이렇게 접근할 수가 없…… 앗!! 카즈마, 저기를 봐라! 저 녀석이다! 딱 봐도 수상해 보이는 남자이지 않느냐?! ……아앗?! 미심쩍은 자루를 꺼내는 구나!”

다크니스의 말을 듣고 그쪽을 쳐다보니 크리스가 가죽점퍼를 입은 남자 한 명과 친근하게 이야기를 나누고 있었다.

볼에 깊은 상처가 난 근육질의 그 남자는 새하얀 가루가 든 자루를 꺼냈다.

“저 사람은 케이크 가게 아저씨야. 옛날에는 모험가였는데, 꿈이었던 케이크 장인이 됐어. 그리고 부탁을 하면 맛있는 밀가루와 설탕을 저렇게 나눠준대.”

“어이, 다크니스! 정신차려! 기우로 끝나서 다행이잖아!”

다크니스는 아쿠아의 말을 듣고 털썩 주저앉았지만 곧 고개를 퍼뜩 들더니—.

"마, 맞다. 저 남자는 아직 시작에 불과해! 내가 위험하다고 느끼는 건 다른 남자다!"

자신의 착각을 얼버무리려는 듯 약간 벌게진 얼굴로 그렇게 말했다.

"—저 뒷골목을 봐라. 그러면 내가 무슨 말을 하고 싶은 건지, 바로 감이 올 거다."

크리스를 미행한 우리는 어둑어둑한 뒷골목에 도착했다.

다크니스의 말에 따라 그쪽을 쳐다보니 거기에는 두툼한 식칼을 든 흰옷 차림의 남자가 서 있었다.

흰옷에 얼룩이 있는 것 같아서 천리안 스킬을 써서 살펴봤는데 그것은 핏자국……!

"저 사람은 닭고기를 전문으로 취급하는 정육점 주인이야. ……앗! 크리스가 달걀을 받았어! 다크니스, 다행이네! 아무래도 달걀을 살 뿐인 것 같아!"

"자, 일단 진정해, 다크니스. 자책은 나중에 하라고. 크리스가 무사해서 다행이잖아?"

타인을 겉모습만으로 판단한 탓에 자기혐오에 빠진 건지 다크니스는 머리를 감싸 쥐고 몸을 웅크렸다.

—바로 그때였다.

나와 아쿠아가 다크니스를 달래는 사이에 다가온 것이리라.

"저기 말이야. 아침부터 나를 계속 따라다니는 것 같던데, 무슨 일 있어?"

시장바구니를 안아든 크리스가 우리 옆에서 어리둥절한 표정을 짓고 있었다.

"—아하하하! 다크니스는 바보라니까! 나는 정의를 사랑하는 에리스 교도거든? 나쁜 녀석들과 어울릴 리가 없잖아!"

자초지종을 들은 크리스가 재미있는지 웃음을 터뜨렸다.

"큭, 면목 없다……. 친구를 의심하다니……."

다크니스가 무릎을 끌어안고 풀이 죽은 표정을 짓자 크리스는 기쁜지 배시시 웃었다.

"헤헤헷, 나는 기쁜데 말이야. 다크니스는 그 정도로 나를 걱정해준 거잖아?"

"으…… 그건 그렇다만, 나는 겉모습으로 사람을 판단해서 괜한 의심을 하고 말았다. 에리스 님을 모시는 자로서, 나 자신을 용서할 수가 없구나……."

고집불통인 다크니스가 주눅이 든 가운데, 크리스가 그녀의 어깨에 손을 얹었다.

"괜찮아. 좀 지나치기는 했지만, 친구를 생각해서 그런 거잖아? 에리스 님도 분명 용서해주실 거야."

크리스가 그렇게 말하며 미소 짓는데 아쿠아는 괜한 참견을 했다.

"그럴까? 그 애는 고지식하고 융통성이 없으니까, 다크니스를 용서해주지 않을지도 몰라."

"저기, 아쿠아 씨! 다크니스가 더 낙심하니까, 그런 소리 하지 마!"

다크니스가 무릎에 얼굴을 묻고 혼자만의 세계에 틀어박힌 사이, 나는 신경 쓰이던 점에 관해 물었다.

"그런데 크리스는 이것저것 사러다니는 것 같던데, 그걸로 뭘 만들려는 거야?"

"응?! 그, 그게, 저기……."

크리스는 그 질문을 듣고 말끝을 흐리더니 다크니스를 힐끔 쳐다보았다.

즉, 다크니스와 관련이 있는 건가…….

"케이크구나! 밀가루와 설탕, 달걀이라면 수제 케이크를 만들려는 게 분명해! 혹시 크리스와 가까운 사람이 곧 생일을 맞이하는 거 아냐?"

아쿠아가 느닷없이 그렇게 말해서 크리스와 다크니스는 흠칫했다.

……아하, 어떻게 된 건지 알겠네.

그러고 보니 누구누구 씨의 생일이 얼마 남지 않았다.

"좋아, 아쿠아. 돌아가자. 그리고 돈을 줄 테니까 맛있는 술을 사 와."

이어서 서프라이즈 생일 선물을 들켜 얼굴이 벌게진 채

어깨를 떨고 있는 크리스, 그리고 마찬가지로 어깨를 떨고 있는 다크니스를 향해 말했다.

"메구밍에게 호화로운 요리를 만들라고 말해둘 테니까, 두 사람 다 빨리 돌아와."

그 말을 남긴 나는 평소에는 완고하고 머릿속이 꽉 막혔지만 실은 귀여운 것을 좋아하는 누구누구 씨를 위해, 봉제 인형을 사서 집으로 돌아갔다.

■작가 후기

이멋세 단편집『요리미치 2회!』를 사주셔서, 정말 감사합니다.

요리미치 1권을 읽으신 분들은 알고 계시겠지만, 이 책은 과거의 특전 등을 모아 서적화해서 책장에 꽂기 좋게 한다는 구실로 책세탁…… 아니, 독자 여러분을 위해 성실히 만든 도서입니다.

『친애하는 홍마의 마을 여러분께』와『이세계에 가자』는 아직 이멋세가 애니화되기 전, 이세계 페어라는 이벤트에서 추첨 배포한 작품이라 지금은 손에 넣기 매우 어렵습니다. 이 작품이 이렇게 책에 수록되어 많은 독자분들이 접할 수 있게 된 것이 솔직히 기쁩니다.

본편은 일단 완결이 났습니다만 앞으로도 다양한 형태로 이멋세를 다루고 싶습니다.

이번 권도 미시마 선생님과 담당 편집자님, 그리고 수많은 분 덕분에 무사히 책을 낼 수 있었습니다. 그분들에게 진심으로 예를 표하며…….

이 책을 구매해주신 모든 독자 여러분께, 진심으로 감사드립니다!

아카츠키 나츠메

후기였습니다!

《최초 수록》

친애하는 홍마의 마을 여러분께

「스니커 문고 이세계 코미디가 재미있다 페어 이세계로 가득한 스토리집!!」

그래, 이세계에 가자!

「스니커 문고 이세계 코미디가 재미있다 페어 이세계로 가득한 스토리집!!」

이 가혹한 세계에 축복을

「더 스니커 LEGEND 카도카와 엔터테인먼트 무크」

백호에게 가호를!

「이 멋진 세계에 축복을!」 Blu-ray & DVD 토라노아나 전권 구입 특전

레드스트림 익스플로전!

「이 멋진 세계에 축복을! 2」 Blu-ray & DVD 토라노아나 전권 구입 특전

○○요리를 맛보세요……!

신작 소설

외톨이를 프로듀스!

신작 소설

메마른 땅에 비를!

「이 멋진 세계에 축복을! 요리미치!」 구입 특전

더블 위저드

「전투원, 파견합니다!」 구입 특전

우애 깊은—

「전투원, 파견합니다!」 구입 특전

■역자 후기

안녕하십니까. 근로청년 번역가 이승원입니다.

『이 멋진 세계에 축복! 요리미치 2회!』를 구매해주셔서 진심으로 감사드립니다.

2021년 초는 참 힘들었던 겨울로 기억에 남을 것 같습니다.

2020년 12월에 보일러가 고장났지만 친환경 보일러 지원금이 내년부터 나오는지라 한 달 동안 추위에 떨었습니다. 1월 초에 보일러를 달아서 기뻐한 직후에 추위로 보일러가 얼어버려서 영하 10도의 날씨에 난방 없이 살아야만 했죠…….

날씨가 좀 풀리면서 보일러도 가동되어 만세~! 했는데, 이번에는 어머니 집 보일러가 터지는 사태가……. 이제부터라도 난방 걱정을 안 해도 되는 나날이 시작됐으면 좋겠습니다. ㅠㅜ

독자 여러분께서는 이번 겨울 따뜻하게 보내셨기를 진심으로 빕니다!

그럼 본편에 관한 이야기를 해볼까 합니다.

스포일러가 포함되어 있을 수도 있으니 본편을 읽지 않으신 분들은 유의해주시길!

이번 작품은 지난 번 요리미치 1권과 마찬가지로 각종 특전으로 나온 이멋세의 단편집입니다.

이멋세 캐릭터들의 평소와 다른 일면을 볼…… 볼…… 죄송합니다. 카즈마 일행은 언제 어디서나 카즈마 일행이었어요…….

아쿠아는 툭하면 사고를 치고, 메구밍은 툭하면 폭렬마법을 날려대고, 다크니스는 툭하면 마조히스트 성향을 드러냅니다. 그리고 카즈마는 이런 골때리는 동료들이 친 사고를 수습하러 다니죠.

……우와, 평소의 이멋세와 똑같군요.

그래도 본편 완결 후에 예전과 다름없는 카즈마 일행을 보니 참 즐겁기는 합니다. ^^

그들의 활약(?)을 또 볼 수 있기를 역자로서, 그리고 팬으로서 간절히 기원하고 있습니다!

그럼 이만 줄이겠습니다.

L노벨 편집부 여러분. 항상 재미있는 작품을 맡겨주셔서 감사합니다. 2021년에도 잘 부탁드립니다.

증정본 때문에 책장이 폭발(^^)한 악우여. 이제 그만 놓아줘도 돼……. 내가 너한테 준 증정본만 수백 권이 넘었다고…….

마지막으로 언제나 제게 버팀목이 되어주시는 어머니와 『이 멋진 세계에 축복을!』을 읽어주신 모든 분들에게 진심으로 감사드립니다.

언젠가 또 이멋세 관련 작품의 역자 후기 코너에서 다시 뵐 수 있기를 빌겠습니다!

2021년 1월 중순

역자 이승원 올림

이 멋진 세계에 축복을! 요리미치! 2

1판 1쇄 발행 2021년 3월 10일
1판 2쇄 발행 2024년 7월 4일

지은이_ Natsume Akatsuki
일러스트_ Kurone Mishima
옮긴이_ 이승원

발행인_ 최원영
본부장_ 장혜경
편집장_ 김승신
편집진행_ 권세라 · 최혁수 · 김경민 · 최정민
커버디자인_ 양우연
국제업무_ 박진해 · 남궁명일
관리 · 영업_ 김민원 · 조은걸

펴낸곳_ (주)디앤씨미디어
등록_ 2002년 4월 25일 제20-260호
주소_ 서울시 구로구 디지털로 32길 30, 코오롱디지털타워빌란트 1301-1308호
전화_ 02-333-2513(대표)
팩시밀리_ 02-333-2514
이메일_ lnovellove@naver.com
L노벨 공식 카페_ http://cafe.naver.com/lnovel11

ISBN 979-11-278-5881-0 03830

값 7,800원